PATRICE DARD

Fils de Frédéric Dard, Patrice Dard est né en 1944. Directeur littéraire au Fleuve Noir en 1969, il publie chez Pauvert son premier roman, *L'éponorpée* (1972). Lui succéderont 21 ouvrages parus sous le pseudonyme d'Alix Karol, et 22 romans d'espionnage écrits en collaboration avec divers auteurs. Après avoir ouvert un restaurant à Paris en 1978, il rédige 80 livres de cuisine, puis s'oriente vers la télévision, pour laquelle il écrit de nombreux scénarios. À la mort de son père, en juin 2000, il achève l'écriture de *Céréales Killer*, puis s'engage à poursuivre l'œuvre de son père.

CORRIDA
POUR UNE VACHE FOLLE

PATRICE DARD

LES NOUVELLES AVENTURES DE
SAN-ANTONIO

CORRIDA
POUR UNE VACHE FOLLE

roman ibérique,
histérique et antispasmodique

FAYARD

ISBN 2-266-12891-4

« Les hommes ne meurent vraiment que lorsque disparaissent à leur tour ceux qui les ont aimés. »

ÉDOUARD HERRIOT.

A Carmen

dont l'œil noir
et les poils autour
ont tant contribué
à la gloire de l'Espagne.

Il aimait tellement les antiquités qu'il les fabriquait lui-même.

MADELEINE FERRAGUT.

Les bourses ou le vit !

PONTON DU SÉRAIL.

L'âge d'une femme devrait être déductible de ses impôts.

CLAUDE SARRAUTE.

Mon tennisman préféré, c'est Pip Santras.

BILL CLINTON.

*Primero Tercio**

LES VACANCES DE SAN-ANTONIO

* *Tercio* : chacun des trois actes de la corrida.

1

Banderilles

Ses roustons, pareils aux outres d'un chamelier se préparant à la traversée du Ténéré, gonflent somptueusement son habit de lumière. Immobile au centre de l'arène, torse bombé, cul et tête rejetés en arrière, il toise le taureau, une banderille dans chaque main. Son attitude est un défi lancé à cette masse de muscles qui écume des naseaux et laboure le sable d'un sabot rageur.

L'animal se nomme Granado, il a quatre ans, pèse 512 kilos et provient de l'élevage andalou de don Pepe Moreno. C'est écrit à la craie sur une grande ardoise. Dans quelques jours, ses mérites seront à nouveau vantés au supermercado du coin, en kit et sur des étiquettes : faux filet, rumsteck, gîte à la noix...

Ainsi finissent souvent les héros, la viande taillée en pièces, la légende ballottée par l'histoire et par des exégètes plus chiants que le temps qui passe.

Le banderillero ayant obtenu le silence dans les gradins jette son mouchoir à terre et pose son pied gauche dessus.

– Kékékéké ! lance-t-il à son adversaire.

– Il va le travailler *al quiebro*, me susurre à l'oreille Marie-Marie.

– Je croyais que c'était ta première corrida ! m'étonné-je.

– Je me suis documentée avant de venir.

– Ton côté prof qui resurgit ?

– Mon côté bonne élève, plutôt, fait-elle en se nichant contre mon épaule. J'ai appris quelques bases pour que tu m'enseignes le reste.

Une telle déclaration mérite récompense, tu en conviens ? Sa minijupe aidant, je plante subrepticement la banderille de mon médius là où ça fait du bien. Elle pousse un gloussement que les aficionados avoisinants prennent pour un cri d'angoisse, car dans l'arène le duel a commencé.

Sollicité par les appels gutturaux du torero, l'animal charge. Il avait raison, Hemingway : il faut en avoir pour attendre sans broncher l'assaut de cette demi-tonne de barbaque en furie ! La foule retient son souffle, la Musaraigne s'accroche à mon bras.

Le taureau est sur l'homme, il va le percuter, c'est inéluctable. Mais le miracle s'accomplit. Par un écart de la jambe droite et un retrait du buste esquissés à la dernière seconde, le banderillero s'est effacé et a planté ses bâtons-papillotes dans le garrot de l'animal. La corne lui a frôlé le poitrail, mais son pied gauche n'a pas décollé du mouchoir. Olé ! En France, c'est dans la merde qu'il faut déposer sa semelle pour récolter du bonheur. En Espancherie, on se contente des crottes de nez de son Kleenex.

Emporté par son élan, ce pauvre Granado, mis dans le vent, freine des quatre paturons, exécute une volte-face, repart à l'attaque, mais trop tard. Le torero a ramassé son tire-gomme et trottine, insolent, vers la barrière cernant l'arène. Il prend refuge juste devant nous qui sommes installés au premier rang (moi, tu me connais, je ne lésine jamais). A peine a-t-il planqué ses os derrière la talanquera que le mastodonte vient percuter les planches. Un coup de tronche de cet acabit, seul Béru peut le tenter, un soir de grande biture.

Déjà, les peones attirent le bestiau vers le centre de l'arène en agitant des capes écarlates sous son tarbouif et en l'interpellant à coups de « Toro ! Toro ! ». De l'autre côté, deux nouvelles banderilles l'attendent. Sa fête continue !

Il se passe alors un truc étrange, ce genre d'incident auquel je t'ai habitué et qui n'arrive qu'à ma pomme. De dos, le banderillero s'adresse à moi sans se retourner :

– Vous êtes le commissaire San-Antonio ? fait-il à mi-voix dans un français légèrement teinté d'accent espingo.

– En effet..., surprisé-je.

– Soyez discret. Il ne faut pas qu'on me voie vous parler. Je fais mine de baratiner Marie-Marie.

– Qui êtes-vous ?

– Regardez dans le programme.

– On se connaît ?

– Moi, oui. Mais vous, vous connaissez surtout mon frère.

Il marque un temps, observe le second banderillero qui n'a réussi à planter qu'un seul bâtonnet dans le dossard de Granado et prend la poudre d'escampette.

– *¡ Cobarde* (trouillard) *!* marmonne-t-il à l'encontre de son collègue. C'est à moi. Je reviens tout de suite, si Dieu le veut.

Il s'empare d'une nouvelle paire de banderilles et s'éloigne en trottinant le long de la barrière.

– Cette fois, il va procéder *al cuarteo*, récite ma greluche.

Tu imagines bien que les figures de ce zèbre m'intéressent moins que son identité. Je me plonge dans le programme de la réunion. Voyons, nous en sommes au quatrième taureau... Voilà : Granado. Le matador se nomme Gama el Vasco et ses banderilleros Julio Nero et Joselito Ypukantybez.

Ce dernier nom frappe ma pensarde : Ypukantybez... Je me surprends à marmonner : « Horacio Ypukantybez ! »

– Tu connais cet Horacio Ypukantybez ? questionne Marie-Marie.

– Un drôle de caïd. Je l'ai coffré il y a six ans. Et coffrer est le juste mot, car c'était sa spécialité, les coffiots. Il ne faisait pas dans la dentelle, il les pétait à l'explosif. On l'avait surnommé « le Dynamiteur ». Au début, sa méthode expéditive nous a amusés. Jusqu'au jour où elle a tué deux gamins qui roupillaient dans l'appartement voisin d'une bijouterie. Ce fumier en a pris pour dix piges. Ce n'était vraiment pas cher payé !

– Et ce truand serait le frère de notre habile torero ?

– Possible. D'autant qu'à bien y réfléchir, ils ont le même genre de bouille.

Une ovation acclame un nouvel exploit de Joselito Ypukantybez. Il est parvenu à ficher les banderilles contre les deux premières. Le taureau sur les talons, il prend le risque de ne pas se planquer derrière le refuge le plus accessible, et revient vers nous. Tout en saluant la foule en délire, il parle entre ses dents :

– J'ai quelque chose de terrible à vous dire, commissaire.

– Je vous écoute.

– Pas maintenant. Rendez-vous ce soir à minuit.

– A quel endroit ?

– Ici même. Porte C. Je vous attendrai.

Il s'éloigne. Gama el Vasco, le matador, enfonce successivement trois épées dans l'aloyau de ce brave Granado, et se voit obligé de lui porter le *descabello*, coup de grâce dans le bulbe, pour l'achever. Misérable finale qui soulève une *bronca*.

Profitant de la confusion et du tumulte, on déguerpit des arènes de Puerto Banús.

*
* *

A bord d'une Seat Ibiza de chez Avis, nous regagnons le Puente Romano, vaste complexe vacancier de Marbella réservé aux ionnaires en dollars et aux iardaires en pesetas. Immeubles de trois étages éparpillés dans des jardins tropicaux dessinés par un Savorgnan de Bazar ; piscines avec cascades bordées de palmiers-dattiers ; sentiers embaumés et fleuris serpentant jusque z'à la mer encore méditerranéenne, bien qu'océanisée par la promiscuité de l'Atlantique.

Le mois d'août merdouillant sur Paris, l'envie m'a pris de filer en amoureux avec Marie-Marie vers la Costa del Sol. Inutile de te dire que Félicie a sauté sur l'occase. Tu parles, rester seulâbre avec une mouflette aussi dégourdie que notre gamine, c'est un vrai bain de jouvence pour ma brave femme de mère !

Le soir tombe langoureusement sur cette parcelle d'Andalousie blottie au pied de la Concha, montagne dont la forme évoque un coquillage. En face, par beau temps, tu peux apercevoir les rives du Maroc et, sur la droite, le rocher de Gibraltar, célèbre pour la survivance des singes et des Anglais.

Nous pénétrons dans l'appartement Indo 221. Une claque de fraîcheur nous accueille. Je lorgne sur le thermostat de la clime.

– Vingt-trois degrés ! Et on a l'impression de se les geler...

Marie-Marie m'attrape par la main.

– Viens sur la terrasse, viens !

Je la suis comme un toutou (la queue entre les jambes).

J'adore ce carré de bonheur qui s'échancre sur le ciel. Nous nous allongeons sur des coussins épais comme une aimable cirrhose. Des branches de bougainvillées se balancent au-dessus de nous dans la brise du soir, et le jasmin libère ses plus suaves senteurs.

Tu banderais pas, toi, en pareille circonstance ? Moi, si ! Pas le temps de retirer mon bénouze. Juste que j'extrapole Popaul et contourne le string de ma gérie. Elle s'agite sur mon jésus avec la frénésie du Diable quand il a le feu au cul, me laboure les omoplates, me dévore les labiales, me ravage le poitrail, m'enflamme le piston, me graisse les burettes. Son orgasme ressemble au dernier décollage d'Ariane 5. En tant que moi-même personnellement, je ne sais même plus à quel moment j'ai largué le kérosène, c'est te dire. Lorsque je refais surface, j'aperçois une jeune asiate qui nous mate depuis la terrasse du dessus. Nos regards se sont à peine croisés que déjà son visage s'estompe.

*
* *

Christian, c'est le mec plus ultra de Puerto Banús. Auvergnat bon teint, il a su, avec sa Minouche de femme, monter un restaurant qui ne désemplit jamais. Ses prix sont raisonnables, ses pizzas meilleures que chez les Ritaux, ses fruits de mer plutôt francs du collier et sa sangria inoubliable, surtout après le troisième verre. Je ne sais pas trop ce qu'il met dedans, mais quand il a terminé la liste des alcools la composant, je ne me rappelle déjà plus les premiers.

Il nous a octroyé une table en terrasse, face aux plus grands barlus du cru, pour la plupart des promène-couillons.

Si tu vendais ton arrondissement plus l'hypermarché Auchan, tu ne pourrais pas te les offrir. Sur la plage arrière de ces vaisseaux, quelques vieux capitaines-au-con-lourd de souche anglo-normande dégustent des boîtes de raviolis en buvant du champagne. Les plus fringants d'entre eux ont invité des pétasses qui leur tireront la tige après avoir effeuillé la marguerite de leur chéquier.

Je lorgne ma tocante. Elle lève les bras au ciel en affichant 23 h 05. Je liquide mon verre et prends ma décision :

– J'y vais.

– Il a dit minuit, objecte Marie-Marie ; pas onze heures...

– Qui peut le moins peut le plus. Je sens qu'il faut que j'y aille.

– Je t'accompagne.

– Pas question. J'y vais seul.

J'adresse un petit signe à mon pote pour attirer son attention.

– Christian ! lancé-je. Si, dans un an et un jour, je ne suis pas revenu, ma femme est à toi.

– Mais... j'ai déjà la mienne ! proteste l'Auverpiot.

– Ça, c'est ton problème ! rigolé-je en m'esbignant.

*
* *

De jour, depuis les gradins, les arènes paraissent immenses. La nuit, et vues de l'extérieur, elles perdent toute leur majesté. Même le Colisée de Rome, qui par étymologie est colossal, quand tu le découvres le soir ressemble à deux dentiers amoureux posés sur une table de nuit. Alors je te raconte pas la *plaza de toros* de Puerto Banús ! J'ai failli la louper, croyant à un bleu de Bresse oublié au milieu du carrefour.

Je planque ma chignole dans une ruelle avoisinante et me dirige vers la porte C, lieu du rendez-vous fixé par Joselito Ypukantybez. Mon idée, en arrivant avec presque une plombe d'avance, est de mater si mon matador ne serait pas suivi.

Comme je m'y attendais, la porte en question est bouclée, mais le battant de l'un des guichets destinés à la délivrance des billets est entrouvert. Je le soulève et me coule à l'intérieur de la guitoune avec la souplesse qui me caractérise.

Je me retrouve cent coups faisant-rire dans un corridor qui mène à la piste. Je pousse une lourde lourde et débarque sur le terrain de combat. Immédiatement, une odeur de crottin, de bouse, de peur et de sous-les-bras m'assaille (en kenyan : massaï).

Franchement, là, je te jure qu'elles sont vastes, les arènes ! Je m'imagine coursé par un frère vengeur de Granado. Je mime ma fuite ridicule, patauge dans le sable et file en direction de la place que j'occupais quelques heures auparavant. J'y arrive haletant, croyant sentir la corne qui flirte avec mon troufignon. Aussi habile et entraîné à la mort que je sois, je réalise à quel point les toreros imposent le respect. Ils me font bien rire, ceux qui éprouvent plus de compassion pour l'animal que pour le pantin en habit de lumière. Foule le bourbier d'une arène, reluque de près la masse d'un taureau de combat, et tu sauras dans quel camp te ranger, mon pote !

Mes quinquets s'habituant à l'obscurité, je finis par remarquer une silhouette plaquée contre la barrière de bois. En vacances, tu t'en doutes, je sors sans mon artillerie. D'un geste résolument offensif, je dégaine mon passeport et le brandit comme une arme.

– Bras en l'air ! On ne bouge pas ! gueulé-je.

Le mec n'obtempère pas, mais ne bronche pas d'un iota.

Je m'approche à petites enjambées et comprends : une banderille enfoncée dans sa gorge le cloue contre les planches. Il s'est vidé de son sang et, pour trouver plus mort que lui, il faut remonter à l'arrière-grand-père d'Isabelle de Castille.

Pas la peine de préciser qu'il s'agit de Joselito Ypukantybez, le banderillero de l'élite, tu avais deviné ?

*
* *

– J'te jure que j'ai rien bu, chéri !

Je dépose ma Musaraigne avec douceur sur la céramique de l'entrée. Je me farfouille à la recherche des clés. Je les dégauchis au fond de la poche arrière de mon futal. C'est alors que je renouche le minois bridé de ma petite Asiatique. Il s'est encadré furtivement dans l'imposte de la cuisine qui surplombe notre palier. Au moment où je déponne, je remarque une photo punaisée sur la porte. Elle représente Joselito en gros plan, avec Marie-Marie et mégnace derrière. Elle a dû être prise au téléobjectif depuis les gradins d'en face, durant la corrida.

Avant toute chose, je vais coucher Marie-Marie qui continue de marmonner :

– J'te jure, mon amour ! Juste une p'tite sangria...

Je récupère délicatement la photo et la glisse dans un sachet de plastique. N'ensuite, je grimpe la volée de marches conduisant à l'appartement 321. Ding-dong.

Instantanément, le faciès de la Chinago s'encadre derrière les barreaux de la fenêtre.

– Allez-vous-en ! s'écrie la fille en espagnol et en escamotant les « r ».

De près, la gamine paraît vraiment très jeune.

– Il faut que je vous parle.

– Je n'ai rien à dire. Partez !

– Enfin, voyons, vous me connaissez, je suis votre voisin d'en dessous. Vous m'avez vu rentrer, tout à l'heure. Et puis... sur la terrasse, aussi.

Gênée par cette évocation, la môme baisse les yeux. C'est le moment de pousser mon avantage.

– Ouvrez-moi. On va bavarder, tous les deux.

– Je ne peux pas. La porte est fermée à clé.

– Tournez la clé.

La gamine hésite un brin.

– Je n'ai pas la clé, chuchote-t-elle.

Si j'avais des oreilles de cocker, elles se dresseraient au-dessus de ma tête.

– Vous êtes prisonnière ? questionné-je.

La fille bat en retraite dans l'obscurité de la cuisine. Je ne perçois plus que les contours de son visage.

– Pas du tout, se récrie-t-elle. Mon patron veut me protéger des étrangers...

In petto, je me dis qu'un bon verrou suffit à se prémunir contre les intrusions. Je déchiffre le nom écrit sous la sonnette.

– Pedro Tejero ! C'est votre boss ?

– Oui.

– Qui c'est, ce type ?

– Le propriétaire du Puma Club.

– La boîte de nuit de la résidence ?

– Allez-vous-en, je vous dis ! s'affole la gosse.

– C'est quoi, votre job, ici ? insisté-je.

– Je fais le ménage, je m'occupe de tout...

– De quel pays êtes-vous ?

– J'ai un permis de travail ! se rebelle-t-elle.

– Ce n'est pas une nationalité...

Un silence s'établit entre nous, perturbé par la pétarade des chauffards sillonnant l'avenue principale à des vitesses induites par leur taux d'alcoolémie, comme l'écrivait si joliment l'un des derniers Prix Goncourt.

Le regard de la fillette balaie le mien derrière le clignotement de ses paupières. J'ai le sentiment que ses ramasse-miettes me lancent un S.O.S.

– Je viens de Manille, susurre-t-elle.

– C'est beau, les Philippines.

– Ça dépend pour qui.

Je reçois son message cinq sur cinq et change délibérément de sujet :

– En fait, reprené-je d'un ton enjoué, j'avais surtout besoin de votre témoignage. J'aimerais que vous me décriviez le type venu épingler une photo sur ma porte au cours de la soirée.

Miss Philippine me concède un sourire incertain.

– C'était une femme.

Je ravale ma surprise. J'imagine mal une gonzesse mêlée à ce crime, compte tenu de sa violence et de sa sordidité.

– Une femme ?

– Blonde, avec un tailleur rouge.

– Jeune ?

– Oh non ! se récrie la môme. Au moins trente ans !

– Quel âge as-tu ?

– Je vais en avoir douze.

Je comprends qu'à son âge elle considère comme viocarde une nana de trente piges, mais j'admets mal qu'on confie l'entretien d'un tel appartement à cette enfant, et encore moins qu'on la séquestre !

– Cette femme était seule ? demandé-je.

– Oui.

Je lorgne les encablures. De ce site, on jouit d'une vulve imprenable sur le parking.

– Elle est repartie en voiture ?

– Une Coccinelle blanche, décapotable.

– Ancien modèle ?

– Non. La nouvelle Beetle.

Si ce n'est pas une piste qui se dessine, c'est toujours mieux qu'un coup de pied au derche, tu es d'accord ?

Je glisse ma main entre les barreaux et frôle du bout des doigts la joue de la gosseline.

– Quel est ton nom ?

– Lucia.

– En cas de problème, Lucia, je suis là. Tu n'as qu'à m'appeler !

– Mais non, je...

– J'ai dit : « en cas de problème... »

L'esprit taraudé, je réintègre mes pénates. Allongée en travers du paddock, Marie-Marie continue de psalmodier « Juste une p'tite sangria, mon trésor, ou p't'ête deux... ». Toutes affaires cessantes, je me sers un verre de pacharan, liqueur de prunelle typiquement typique, envoûtante et délicatement vomitive. Deux glaçons par-dessus et j'empare mon téléphone portable, compose nonobstant l'heure induse le numéro de Blanc, mon black favori. Je poireaute jusqu'à la sixième sonnerie avant qu'une voix de marmot s'intruse dans ces trompes que je partage en individis avec ce cher Eustache.

– Résidence de Son Excellence, j'écoute.

Un peu surpris par l'accueil, je me demande si je n'ai pas fait un faux numéro. Un rapide coup d'œil à l'écran de mon Nokia affirme le contraire.

– Qui est à l'appareil ? demandé-je, le ton plus mielleux qu'un kyste de diabétique percé sur une pâtisserie arabe.

– Résidence de Son Excellence, j'écoute, s'obstine la voix enfantine.

– Ici San-Antonio ; c'est toi, Capote-Anglaise-Trouée ?

– Perdu ! C'est Stérilet-Rouillé.

– Salut, petit. Passe-moi Jérémy, s'il te plaît.

De multiples ricanements en fond sonore m'indiquent que toute la descendance des Blanc grenouille au bout du fil.

– Son Excellence roupille ! annonce le négrillon.

Tu sais l'à quel point ma patience est limitée. Je pousse le coup de gueule qui s'impose.

– Écoute-moi bien : si, dans trois secondes, je n'ai pas ton père en ligne, la prochaine fois que je vais chez toi je te fais un cul de babouin ! Pigé ?

Dix secondes plus tard, j'obtiens l'inspecteur Blanc, fraîchement irrupté du plumard.

– Antoine ! Que se passe-t-il ?

– J'ai besoin de toi, Grand Primate des Savanes.

– Ça ne va pas être possible, laisse-t-il tomber après un long silence chargé de condescendance.

– Tu es en congé ?

– Je suis démissionnaire.

Cette révélation s'abat sur moi tel un cocufiage impromptu.

– Tu m'abandonnes ? vaudevillé-je.

Le soupir de Jérémy s'apparente à un typhon.

– Mon pays a besoin de moi. Je viens d'être nommé ministre de l'Intérieur !

– On l'appelle Son Excellence ! On l'appelle Son Excellence ! scande dans le lointain sa marmaille sur l'air de « la Pelle à caca boudin ».

Tu sais tout ce que je trouve à répliquer ?

– Félicitations !

– Il va de soi que, dans le contexte de la coopération franco-sénégalaise, nous serons amenés à collaborer pour le meilleur de nos deux nations ! récite-t-il en forçant délibérément son accent africain.

– Tu t'y crois déjà, ou tu te fous de ma gueule ? bredouillé-je, un rien déconfit.

– Je me fous de notre gueule, Tonio. Tu ne m'en veux pas trop pour ce lâchage ?

– Mais non ! Une carrière politique, ça ne se rate pas ! Surtout lorsqu'on descend tout droit d'un cocotier.

– Je peux te rendre un dernier service, Blanchette ? Pour m'appeler à cette heure-ci, tu dois te trouver dans une sacrée béchamel.

– Je suis à Marbella et je viens de découvrir un cadavre. Le type s'appelle Joselito Ypukantybez. C'est le frère d'un certain Horacio que nous avons arrêté, toi et moi, il y a quelques années...

– ... et qui vient de s'évader ! me coupe Jérémy.

– Quand ? Comment ça ?

– Cet après-midi, de la centrale de Fouzy-Machodpis, en hélicoptère. Le grand jeu !

Mon abasourdance confine à la jubilation. Au

fin fond de ma tripaille, je sentais que le banderillero n'était pas mort d'un simple fait divers et que sa terreur n'était pas une trouille de vulgaire malfrat. Instinctivement, j'avais pigé que je venais de mettre le doigt dans un méchant engrenage.

Je ne savais pas encore que c'était le début de la plus terrible enquête de ma carrière.

Tu vas m'attendre au chapitre suivant, ou tu restes comme un con sur le quai de l'hagard ?

2

Embroque*

Il y a quantité de trucs pas faciles à réaliser en ce bas monde, admets ! Grimper au sommet de l'Annapurna à cloche-pied, traverser la Manche sur une cuisinière à gaz, avaler sa soupe avec une fourchette à escargots, croire aux promesses d'un député, aux serments d'une femme, aux prédictions de Paco Rabanne, évaluer le Q.I. d'un footballeur, le comparer avec celui d'un supporteur, se gargariser au sulfate de cuivre, souffler dans un trombone, pisser dans un violon, se torcher avec un chardon, bouffer la cuisine d'un Anglais, le fion de sa reine mère, calculer la C.S.G., adhérer

---

* *Embroque* : c'est presque ce que tu crois. Il s'agit de l'instant où le taureau est prêt à encorner le matador.

à la C.G.T., se débarrasser du D.D.T., marcher sur les eaux, courir sans les os, traîner son fardeau, farder un traîneau, se fader une traînée, espérer le meilleur, craindre le pire, visiter le Pirée, détester Shakespeare, vaincre sans péril, triompher sans gloire, relire du Malraux, insulter l'abbé Pierre, retourner sur la Lune, arrêter le déluge, supprimer les Pyrénées, ouïr le son du cor, pleurer le sort du con, être maire du palais, être père d'un Malais, revenir en 732, se mettre Martel en tête, partir en tête à queue, n'avoir ni queue ni tête, péter plus haut que son cul, aimer plus haut que son cœur, souffrir sans appeler sa mère et digérer la soupe à l'oignon.

Pourtant, le treizième des travaux d'Hercule en ce vingt et unième siècle tout frais pondu, l'exploit le plus improbable qu'on puisse attendre d'un homme, c'est de réussir à joindre son fils de vingt-cinq ans un samedi soir à trois heures du matin !

En tout cas, moi, je viens d'échouer comme un orque sur une plage des Bahamas.

Mon Antoine, je l'ai d'abord appelé dans son studio du quartier Latin, suis tombé sur son répondeur qui annonçait *in extenso* : « Salut, les mecs, c'est moi, rendez-vous où vous savez avec qui vous savez, et vous les mouillettes, astiquez-vous bien la case Trésor, ça va artiller dur ce soir. Bye, à plus ! »

Je l'ai aussitôt sonné sur son portable où un autre message claironnait : « Sorry, vous êtes tombé sur un téléphone vibreur se trouvant actuellement dans le slip d'une belle cochonne. Prière de rappeler le plus souvent possible, elle adore. Tchao ! »

Par acquit d'inconscience, j'ai réveillé en sursaut ma douce Félicie. Comme il fallait s'y attendre, elle n'avait aucune idée du lieu des agapes de son petit-fils. Le bonheur d'entendre ma voix compensait, selon elle, les heures d'insomnie qui consécutiveraient à mon appel.

En désespoir de cause, je me suis décidé à relancer mon rejeton sur sa boîte vocale de la Grande Cabane. En substance, je lui demandai de me joindre au plus vite et d'enquêter à fond sur l'évasion d'Horacio Ypukantybez. Il n'aurait sans doute pas connaissance de mon appel avant le lundi matin. A moins qu'au crépuscule de sa gueule de bois il n'ait l'idée de consulter ses messages.

Je me sers un nouveau pacharan lorsque Marie-Marie débarque au salon. Elle a la bouille plissée d'un sharpeï après trois tours de machine à laver.

– Qu'est-ce que tu fais encore debout à cette heure ? marmonne-t-elle.

– J'attends que tu dégrises, réponds-je.

– Excuse-moi. Je ne sais pas ce qu'il y avait dans ces sangrias ?

Je lui souris, mansuet tout plein.

– Il y avait de quoi tourner la tête d'une jolie femme.

Qu'alors ma péronnelle se dessape en un langoureux strip-tease qui m'enflamme les sacoches à têtards. Zip ! Zoup ! La voilà telle que sa mère l'a conçue, avec quelques rondeurs en sus.

– Et si on retournait sur la terrasse ? murmure-t-elle d'une voix rauque de chanteuse de gode-se-pèle.

Je la cueille dans mes bras et la dépose comme une fleur sur les coussins naguère marqués du sceau de ma foutraille. Elle s'abandonne, je m'active. Là est l'irréductible différence entre les hommes qui agissent et les femmes qui subissent. A nous la force, le pouvoir, la guerre, la gloire et l'infarctus du myocarde ! A elles les baffes, les ragnes, le lait Guigoz, le harcèlement et l'interminable survie ! A bien les observer, j'ai compris que les petites filles aspiraient à devenir des femmes, et les femmes à devenir des veuves. Il n'y a qu'à voir comme le noir leur sied et les rend excitantes.

Le bout de ma langue effleure la pointe des seins de Marie-Marie et mes doigts engendrent un friselis dans son australe moisson. Tu voudrais bien connaître la suite, vieux saligaud ?

Moi aussi. Seulement, des hurlements provenant de la terrasse du dessus me coupent la chique. Ces beuglantes de douleur sont poussées par la petite Lucia, la Philippine du 321. Présumant que la porte de l'appartement ne s'ouvrira pas, je grimpe d'un bond sur le rebord de la terrasse. Marie-Marie s'affole :

– Qu'est-ce que tu fais ?

– Je t'expliquerai.

J'attrape le tronc fragile d'une bougainvillée et m'y suspends. La plante ploie, je laisse mon corps basculer dans le vide. Tu vas me dire que c'est vraiment barge, de confier son existence à un simple végétal. Tu as sans doute raison, mais moi je ne raisonne pas. Je n'entends même pas le cri d'angoisse de ma nude femelle. Mes pieds se balancent dans le gouffre de la nuit. Je fais confiance à la nature. Cet arbrisseau de soleil n'a pas plus envie que moi de mourir. Alors ses fibres, résistant à l'assaut de mon poids, agissent comme un ressort qui me propulse vers le haut. D'une main déterminée, j'agrippe un bout de muret, assure mon équilibre et, d'un rétablissement, prends pied à l'étage supérieur. Je m'accorde un instant de récupération avant d'investir l'appartement. Si la haine se mesurait, la mienne serait à Sèvres, aurait prétendu mon Audiard.

A plat ventre sur un canapé, Lucia se débat sous le boutoir d'un gros porc qui tente de la pénétrer.

– J'ai payé pour ton cul, j'aurai ton cul, salope ! grogne l'immondice individu.

Un soir d'orage chez ma grand-mère, je

m'étais réfugié sur ses genoux et elle au creux d'un fauteuil éventré. La foudre a soudainement frappé notre maison. Je n'oublierai jamais cette boule de feu surgie d'on ne sait où, dévastant la pièce, brûlant tout sur son passage et dont la puissance a explosé portes et fenêtres. Nous sommes restés longtemps, bonne-maman et moi, à nous demander si nous étions vivants ou si nous n'avions pas cauchemardé. Eh bien, cette force destructrice qui m'a tant terrifiée, j'en suis aujourd'hui le dépositaire, le commanditaire, l'exécuteur testamentaire !

Je fonds sur le prédateur, l'arrache par le colback à ses pulsions et l'entraîne au milieu du salon.

– Mais, monsieur..., bredouille-t-il en essayant de se rajuster.

J'empoigne la fermeture Éclair de sa braguette et la referme d'un geste sec. Le mec glapit que je lui ai coincé la bite dans la glissière. Histoire d'apaiser ses tourments, je lui balance ma tatane dans les siamoises. Il tourne pâle et se met à gerber son quatre-heures.

Profitant de son absence momentanée de

limage, je pique le morlingue dans sa veste et m'informe de son identité. Ce phacochère se nomme Alvarez y Gonzalez, avoue quarante-huit ans et se goberge d'un poste *d'alcalde* (maire) d'une grosse ville des environs. Je le chope par sa cravate et la tortille (en espagnol : *tortilla !*) jusqu'à ce que l'air n'ose plus se présenter à ses poumons. Je relâche légèrement la pression pour lui permettre, sinon de respirer, du moins de répondre à mes questions.

– C'est Pedro Tejero qui t'a branché sur ce plan pourri ?

– Oui... Oui..., suffoque-t-il, mais... j'j'j'savais pas qu'elle était aussi jeune !

– Tu le tutoies, Tejero ?

– Nnnnon ! On sss'connaît à peine !

Juste pour le fun, comme disent si bien mes adorables Québécois, je lui flanque le coup de boule de l'adieu et le vire en le menaçant des moindres sévices qu'il encourt. En substance et en vrac : il ne sera jamais à l'abri de ma vindicte ! A tout moment je peux prévenir sa femme, ses parents, ses descendants et ses collatéraux de ses instincts pervers ! Si le cœur me z'en dit, je placarderai des affiches dénonçant sa pédophilie au vu et au suce de toute l'Andalousie. A bon entendeur ! A l'heure où nous mettons sous prêche, ce bandeur verminatoire court encore, même qu'il a dû dépasser Forrest Gump depuis belle lurette.

On s'attend parfois au mieux, mais souvent au pire quand on a pour deux ronds de flan de lucidité. A preuve, lorsque Lucia me bondit dessus et me tambourine le poitrail de ses petits poings menus, je n'outremesure pas ma déconvenue.

– Je vous hais ! gémit-elle. Vous avez condamné ma sœur ! Il va la tuer ! Il m'a dit qu'il la tuerait...

En temps normal, j'enraye ce genre de crise de nerfs avec une claque sonnante et trébuchante. Mais cette gamine échappe à la normalité. Après lui avoir évité la défonce du coquelicot par une ordure de l'âge de son père, je ne puis décemment pas la gifler comme toute une chacune. C'est en douceur et velouté que je finis par l'amadouer. Paroles rassurantes, caresses dans les cheveux, mouchoir tamponné sur les joues, plus un joli comprimé rose poussé par un verre de jus d'orange.

Apaisée, Lucia me raconte son odyssée. Filles d'une prostituée de Manille, sa sœur et elle survivaient à coups de piètres rapines et de menues branlettes dispensées à des pêcheurs de thon coréens, lesquels estimaient leurs fines menottes proportionnées à leur zigouigoui de canari. Une nuit de manque, leur maman pute, pauvre bagnarde de Luçon, les a vendues à un Chinois en échange de quelques doses. Leur carrière a débuté par un « stage de formation » dans un clandé de Phuket (en pays taille), spécialiste du quinquagénaire germano-néerlandais, l'élite des pédophiles. Remarque, accordons-leur quelques excuses, aux Anglo-Sales-Cons, pour pratiquer le tourisme sexuel : ils ont du fric et des gonzesses à la mords-m'houellebec, imbaisables. Devises plus frustrations, plus guide du foutard, voilà la porte ouverte sur toutes les turpitudes.

La manière dont Lucia me parle de son chemin de croix jusqu'à échouer dans les griffes de Pedro Tejero me bouleverse plus que l'ignominie des péripéties qui l'ont jalonné. Cette enfant décrit son calvaire avec la froideur d'un gendarme rapportant un vol de mobylette sur le parking d'un supermarché. Un peu comme si elle racontait un livre d'horreur qui l'aurait laissée esquimaude.

Et pourtant, je te jure que son parcours du combattant flanquerait des cauchemars à la pire des radasses, même à la grosse Lulu, celle qui s'assoit sur une pastèque et la rapporte subrepticement à la maison.

Tu veux que je te fasse une confidence ? Lorsque j'entends des histoires de cette acabite, j'ai presque honte d'être un mâle. La seule chose qui me réconforte, c'est que ça doit être encore pis d'être une femelle.

Trêve de balivernes : tu as bien compris que je ne vais pas lui faire de cadeau, à Tejero ?

– Quel âge a ta sœur ? demandé-je tout à trac, à troc, à truc – mais pas à trique, j'te jure.

– Quatorze ans.

– Et tu ne sais pas où elle se trouve ?

Lucia branle misérablement le chef.

– Il y a six mois que je ne l'ai pas vue. Tejero nous a séparées. Si je m'enfuis, il tue Clara, et si

Clara s'échappe, c'est moi qu'il égorge. Il l'a dit. Et il va le faire ! De quoi te mêles-tu, toi ?

Je tranche dans le vif :

– Avec la méthode Tejero, vous êtes toutes les deux condamnées. Avec la mienne, tu es sauvée et je libère ta sœur.

– Vous pouvez le faire ? questionne-t-elle, incrédule.

– Bien sûr.

– Promis ?

– Juré !

Lucia se jette dans mes bras et se frotte comme une chatte.

– Si tu retrouves Clara, souffle-t-elle, mon cul sera à toi, même si ça fait mal.

Je la repousse avec une brusquerie mal contrôlée.

– Je ne te demande rien ! hurlé-je.

– C'est impossible... Pourquoi tu ferais ça pour moi si tu ne voulais pas me baiser ?

J'accomplis un effort surhumain pour me dominer et trouver les mots adéquats. En vérité, je me retranche derrière les remparts de cette société que je vilipende à la première occasion mais que je sers néanmoins avec zèle depuis si longtemps. Tu as déjà vu un haltérophile pétrifié devant un chihuahua ? Un Touareg venant de renverser sa gourde ? Un boxeur assis dans la résine ? Un charcutier la main coincée dans son hachoir ? Un zigue craquant une louise dans un ascenseur bondé ? Un comédien découvrant la salle vide ? Un palucheur baffé dans le métro ? Un cuistot apercevant une limace dans la salade de M. Michelin ? Un mari appelant Gisèle sa femme Madeleine ? Eh bien, c'est à eux tous que je ressemble en cet instant, en proie à une totale désemparance.

Tiens, voilà un mot, « désemparance », qu'il faudra intégrer dans le dico le jour où on s'attellera vraiment à la sauvegarde du français, cet idiome en voie de disparition.

– Lucia, écoute-moi ! Tu n'es pas une marchandise. Et les hommes ne sont pas tous des porcs. Des médecins vont s'occuper de toi. Je te jure que, bientôt, tu verras la vie sous un autre jour. En attendant, je te demande de me faire confiance.

Mon ton et la buée voilant mon regard ont raison de ses dernières réticences.

– D'accord !

Je l'embrasse sur le haut du front avec une chasteté qui la laisse pantoise, comme on dit à Cergy.

– On va se le faire, ce salaud, je te jure qu'on va se le faire !

Embarquée dans la nacelle de ma détermination (t'en veux, d'la poésie ? T'en as !), Lucia rassemble son patrimoine en toute hâte : trois culottes froufroutantes, quelques hardes putassières, une gourmette en or tombée de poignet, plus une liasse de pesetas âprement soutirées à ses michetons. Elle fourre le tout dans un balluchon et la voilà prête pour de nouvelles aventures.

– Comment fais-tu pour appeler Tejero en cas de problème ? m'informé-je.

– Le 568.

– Un numéro direct ?

– Relié au Puma Club.

– Il lui faut combien de temps, habituellement, pour rappliquer ?

La gamine hausse les épaules.

– Une minute ou deux. La boîte est juste en dessous de l'immeuble.

– Lorsqu'un de tes... visiteurs (j'évite le mot clients, tu mords la delicatessen) repart, il en informe le patron ?

– Oui.

– Et Tejero vient refermer la porte ? supputé-je.

Lucia acquiesce, car je me refuse désormais à ce qu'elle opine. Un plan commence à germer dans ma calbombe.

– Parfait.

Je bloque la lourde en la calant avec un de mes mocassins en véritable peau d'autruche révulsée. On dévale presto l'escadrin agréablement tommetté. Marie-Marie nous attend sur le palier du bas.

– Que se passe-t-il ? s'inquiète-t-elle.

Je remets le résumé du chapitre précédent à une date ulcérée, comme dit mon gastro-entérologue préféré. L'emergency, c'est avant tout l'évacuation de la petite Lucia. Si je veux tenter le coup de libérer la frangine aînée, il faut d'abord mettre la cadette en lieu sûr, tu me suis ?

Sans reprendre mon souffle, je demande à Marie-Marie d'agrémenter son slip d'un sous-tif de même métal, d'enfiler une robe par-dessus, d'empiler ses affaires courantes dans un sac de voyage, d'embarquer sur-le-champ la fillette dans notre voiture de location, d'aller se planquer dans un hôtel pour touristes en faisant passer la gamine pour sa sœur, sa fille ou son goûter. Surtout, ne pas oublier son portable sur lequel je l'appellerai dès potron-minet, et même minette dès que je pourrai la rejoindre.

Je m'octroie une goulée d'oxygène tandis que les filles déboulent l'escalier. Soudain, Lucia s'arrête et lève la tête dans ma direction :

– Un truc me revient, lance-t-elle. Tejero connaît la femme en rouge qui a épinglé la photo sur votre porte, ce soir... Je les ai aperçus une fois ensemble dans la Coccinelle blanche.

*
* *

Je remonte à toute vibure, farfouille dans le lupanar à la recherche de l'objet de mes rêves, le déniche dans la cuistance : il s'agit d'un long et lourd presse-purée. On ne pense jamais assez à l'intelligence du presse-purée. Voilà pourtant un ustensile qui a réussi à résoudre le problème de la poule et de l'œuf : quand tu n'as plus de ratiches, tu as bien besoin d'un presse-purée ? Et si tu as toutes tes dents, un grand coup de presse-purée dans le clapoir et te voilà rendu à la case départ.

Lesté de cette arme que la maison Mousline a injustement reléguée aux oubliettes, je vais dévisser l'ampoule du palier extérieur, histoire de ménager une ombre propitiatoire à mes louches desseins.

Puis je retourne dans l'entrée et compose le 568 sur le cadran téléphonique.

– *¿ Qué tal ?* m'accueille une voix de dame-pipi blondeur décolorée avec un bas filé sur le mollet gauche.

En espagnol, evidently, ça se remarque à son point d'interrogation à l'envers, ce que je suis incapable de réaliser sur le clavier paléolithique de mon IBM à boule.

Je réclame Tejero et patiente sur fond de musique techno entrelardée des rires hystériques de pouffiasses en goguette.

– *¿ Sí ?* fait soudain un organe mâle.

Rien qu'à l'éructation de ces deux lettres, tu piges que le Tejero est capable de te découper la peau des roustons aux ciseaux de brodeuse pour s'en faire un abat-jour.

– *¡ Terminado* (j'ai fini) *!* dis-je en affectant le timbre mal affranchi et nasillard de l'immonde señor Alvarez y Gonzalez.

– *¡ Vengo* (j'arrive) *!* grommelle le type.

Il rajoute une phrase en argot andalou dont je ne pige que le sens général. Le bordelier estime que j'ai passé trop de temps avec la gamine et qu'il va falloir cracher une rallonge.

– *¡ No problema !* le rassuré-je en raccrochant dans la foulée.

Je ressors de l'apparte, réintègre ma chaussure, claque la porte et me planque derrière une immense potiche de brique piquée d'un buisson de « bella de noche ». Cet arbuste éminemment hispanique s'égaie de fleurettes blanches dont le parfum suave et jasminé ne se libère qu'au coucher du soleil. D'où ce nom de « belle-de-nuit » qui rappelle en négatif un film de Buñuel divinement deneuvisé en son temps.

Je blottis tant que je peux ma robuste carcasse, régule ma respiration sur un tempo aussi discret que le pet de la libellule le soir au-dessus des marigots.

Bref silence, et puis, dans l'escalier, un pas hâtif de mec qui décompte son temps à l'aune du pognozof. En trois enjambées, le voilà qui surgit. Body-buildé sous son costard de flanelle beige, écharpe de soie blanche autour du cou, queue-de-cheval maintenue par un catogan, c'est tout à fait mon genre, Mister Tejero. Et encore davantage celui de mon presse-purée. On fonce ensemble au moment où il se penche sur la serrure. Moi, je lui savate la pliure du genou tandis que ce brave P.P. (abréviation de Presse-Purée) lui percute la citrouille.

Un cirrhotique, tu le frappes au foie, correct ? Un infarcté, tu l'attaques au guignol ? Un bedonnant, à la boîte à ragoût ? Une vieille tarlouze, tu lui déglingues le prose ? Un gros vicelard, tu lui tartines les noix : tu m'as vu opérer y a pas si loin ?

En suivant cette logique, tu penses qu'il faut leur matraquer la calebasse, aux abrutis. Mais c'est une grave erreur que de cogner sur le crâne d'un mou de la tronche, d'un étiolé de la gamberge, d'un faiblard des méninges, d'un pauvret de l'esprit, d'un minus de l'habens, d'un handicapé de la pensarde, d'un ratatiné du bulbe, d'un smicard de la matière grise, d'un pensionné du cervelet. Depuis que je les pratique, les débiles de tout poil, je ne devrais plus tomber dans le panneau, mais que veux-tu : la force de l'habitude, la force de la logique, cartésien comme je suis !

Nenni ! En fait, le cerveau des vrais tarés brille essentiellement par son absence, et leur boîte crânienne fait caisse de résonance : boeing-boeing !

Un instant, je crois avoir réussi mon coup, car les jambes de Tejero ploient sous son corps. Un type proprement assommé s'affaisse d'une masse au sol comme dans la cuvette des chiottes un colombin passé au massicot de tes sphincters. S'il lui reste une lueur de conscience, il écarte les bras pour amortir sa chute. Mais jamais il ne glisse son bras droit sous son aisselle gauche. Je réalise dans un éclair que ce fumier est en train de cueillir son arme. Le métal étincelle déjà dans sa pogne et il me flingue à la volée, par-dessus son épaule.

Saint Antoine a voulu, et je lui en rends grâce, me doter de réflexes hors du commun. Si bien que la bastos ne fait que me raser les tifs, car j'ai déjà plongé au sol, m'agrippant à l'écharpe de mon adversaire. Entraîné par mes cent soixante livres de muscles, Tejero bascule en arrière et son occiput heurte violemment le carrelage.

Cette fois, je crois qu'il a son compte, mais, pour faire bonne mesure, je lui attrique un crochet à la mâchoire. Quelques canines buissonnières s'éparpillent de sa bouche. Il sera dit que mon presse-purée aura le dernier mot.

Je ramasse son calibre et l'assure dans ma pogne. On se sent déjà moins seul avec le bras prolongé d'un onze millimètres. Comme le gus tarde à reconnecter, je vais ouvrir le robinet du tuyau servant aux hommes de l'entretien à dessoiffer les plantes. Je règle le jet au plus dru pour lui arroser la poire. Tejero papillote, s'ébroue et me lance un regard de seiche venant d'inventer l'encre de Chine.

– Toi, tu es un homme mort ! me dit-il en se redressant sur un coude.

– Moi, c'est peut-être, répliqué-je. Toi, c'est tout de suite si tu ne me dis pas où se trouve Clara.

– Tu penses vraiment que je vais m'affaler devant un foie blanc de ton espèce ? grince-t-il.

– J'ai déjà libéré Lucia et je lui ai promis d'aider sa sœur à s'évader.

Il a le tort de me toiser.

– Et alors ?

– Et alors, il n'y a que le Christ pour supporter ça !

J'applique le canon de l'arme au creux de sa main et lâche une prune. Le corps de Tejero est parcouru d'un soubresaut. Il ne crie pas, mais un râle infini s'échappe de sa gorge.

Je lui arrache son écharpe pour bander sa main et lui garrotter le poignet.

– Voilà ce qui arrive quand on fait le malin, le morigéné-je.

– ¡ *Puerco* (salaud) ! gronde-t-il.

– Venant de toi, c'est un compliment.

*
* *

« Orénoque 112 » : c'est écrit en lettres de céramique sur le palier du premier étage d'un immeuble en tout point semblable au mien.

– C'est là ? questionné-je.

– Oui.

– Clara est seule, pour l'instant ? insisté-je.

Comme Tejero me joue la grande muette, je tire sur le bandage de sa main et une giclette de sang imbibe l'écharpe-pansement.

– Normalement, oui ! grogne-t-il.

– Alors, ouvre !

– Je peux pas, avec ma main...

– La clé ?

– Dans la poche de mon pantalon.

Je le fouille et le farfouille sans vergogne.

– J'ai trouvé la clé, mais pas tes couilles, mon pauvre Tejero. Je comprends que tu doives te rabattre sur des fillettes.

J'ouvre et investis la cagna. Une silhouette se dessine dans la pénombre et donne de la lumière. Clara est une ravissante Asiatique, photocopie conforme de sa sœur en un peu plus mature. Elle porte une chemise de nuit de satin vert fendue jusqu'au nombril.

Croyant à la survenue d'un client noctambule, elle m'adresse un sourire aguichant qui s'estompe aussi sec à la vue de mon pétard braqué sur Tejero. Elle prend les copeaux et bat en retraite vers la terrasse. Je tente de la rassurer :

– Pas de panique, Clara ! Je viens de la part de Lucia.

– C'est un flic ! proclame Tejero. Il veut t'embarquer, toi et ta frangine !

La gamine recule encore de quelques pas et grimpe sur le rebord de la terrasse.

– Il va te ramener aux Philippines ! braille l'horrible maquereau.

– Non ! Je vais te libérer ! hurlé-je.

Inutile supplique, car la petite a plongé dans le vide sans un mot, sans un cri.

Horrifié, je me penche au-dessus de la rambarde et constate que la fille vient de s'immerger dans l'une des innombrables piscines de la résidence et qu'elle nage à grandes brassées vers la berge. Son corps est irisé par les projecteurs-hublots du bassin. On croirait une grenouille de contes de fées. Elle prend pied sur la margelle et disparaît dans la nuit.

Profitant de mon inadvertance, Tejero me bondit sur le poil et tente de me désarmer. Avec sa main daubée, la lutte est inégale ; j'ai tôt fait de le mettre au pas en le braquant.

– Mollo ! ordonné-je (en Espagne, on dit Ordoñez).

– Ça va ! Ça va ! met-il les pouces.

Je le bouscule en direction du salon et l'oblige à s'asseoir sur le canapé.

– On va changer de sujet, Pedro. J'aimerais que tu me parles d'une gonzesse blonde qui circule en Coccinelle blanche décapotable.

– Va te faire enculer ! qu'il ose me rétorquer, ce malotrou.

J'avise alors un sabre mauresque, accroché au mur de manière prétendument décorative. Je remise le soufflant dans ma poche et m'empare de l'arme sarrasine. Je m'avance vers Tejero en décrivant des moulinets avec le cimeterre comme tu as vu faire dans *Indiana Jones et le Temple maudit.* Il a les flubes, l'Andalou, mais il n'est pas du style à flouser dans son bénard.

Je m'approche jusqu'à ce que mes arabesques fassent passer la pointe de l'arme à moins de trois centimètres de son cou. Le Pedro ne moufte pas. Seules ses paupières mi-closes trahissent son anxiété. Et soudain : tchac ! D'un coup sec, je tranche sa queue-de-cheval. Je m'attends à une crise samsonicienne, ce genre de maquereautin tenant davantage à sa chevelure qu'à sa vieille maman. J'en suis pour mes frais. Tejero se torboyaute :

– Pauvre cloche ! ricane-t-il, en retirant ses cheveux qui se révèlent être postiches.

Sous sa perruque, le type est chauve comme :

un œuf, un genou, une boule de billard, une pastèque, la main de ma sœur, une culture au Sahel, un mac-do sans sésame, ce qu'il reste de la banquise, le gong d'un bonze, un bronze coulé à pic, le cul de Claudica Chou-Fleur, une perle de rosée, un pétale de rose, une pomme d'arrosoir, l'œil de Le Pen, une pensée centriste et le bout de mon gland quand ta femme vient de le quitter. (Raye les clichés inutiles).

Détestant passer pour un lavement, je décide urgent d'enrayer les moqueries. J'applique le flingue contre le front de Tejero et ne prends aucun gant pour l'informer de mes intentions :

– Si tu ne me réponds pas dans la seconde au sujet de la fille blonde, je t'explose la tête, compris ?

Ça se passe comme dans un mauvais rêve ou un gentil cauchemar. A peine ai-je formulé ma menace que son crâne luisant se trouve décalotté façon cervelle à la coque. Tejero s'effondre dans un geyser de sang et d'humeurs gluantes. L'espace d'une seconde, je crains d'avoir été maladroit en pressant inopinément la détente.

Je pige vite qu'un tiers tireur est entré dans le

jeu. Une seconde balle perfore la tronche de Tejero, le rendant un peu plus mort que mort.

La défouraille continuant à feu nourri, je roule à terre et boule jusqu'à la terrasse. Ne me reste que l'issue de la mignonne. Pour éviter la mitraille, je me juche sur le rebord et plonge vers la piscine.

Jamais la flotte, même dans le ventre de ma mère, ne m'a semblé si douce et si sereine. Du balcon, mon ou mes agresseur(s) n'ose(nt) plus tirer, ce qui me permet d'évacuer ma viande sous les frondaisons. Direction le centre-ville, par la plage.

Dix minutes de footing plus tard, mes fringues sont sèches et les lueurs du port de Marbella me rechargent un tantinet les accus. Je m'assois sur une bitte (que je te précise d'amarrage, pour ne pas nuire à ma réputation). Dégainant mon portable waterproof, je compose le numéro de Marie-Marie. L'appel se disperse dans le cosmos : Digidigidigdig... Enfin, une voix me répond. Pas celle que j'attendais. Un organe masculin, grave et angoissant :

– Monsieur San-Antonio ?

– Qui êtes-vous ?

– Peu importe. Oubliez Joselito Ypukantybez, sinon votre femme et la petite pute seront exécutées !

Ça t'ennuie si on change de page ?

3

Alternative*

Tu sais ma réaction devant pareille adversité ? Je vais me taper une paella au lapin, selon la vraie recette andalouse.

Le moralisateur de mes deux qui a décrété que l'avenir appartient à ceux qui se lèvent tôt n'a jamais dû traîner ses guêtres (ni ses basques) au-delà des Pyrénées. Il s'est drôlement fourré le doigt dans l'œil, ce navedu. Son dicton était peut-être valable pour le futur d'hier, pas pour celui d'aujourd'hui. A notre époque de remuance extrême, l'avenir appartient à ceux qui travaillent

* *Alternative* : cooptation d'un jeune matador par l'un de ses aînés qui l'estime digne de pouvoir le remplacer. Fallait y penser, non ?

tard. Il n'y a qu'à voir comme l'Espagne recolle au peloton des pays riches. Indurain talonne Coppi qui remonte Anquetil qui s'accroche à Ulrich. Je ne te parle pas des Angliches qui n'ont jamais eu un cycliste capable de grimper la dune du Pilat.

Deux plombes du mat' et le restau où j'ai posé mes miches est bourré comme un Béru retour de noce. La vérité, elle est là, mon pote : c'est pas en marnant trente-cinq heures aux matines sonnantes que t'affures du pèze. C'est en bossant où il faut, quand il faut. Lorsque nos politiconnards auront pigé ce postulat et qu'ils auront les burnes pour l'énoncer clairement, on pourra entrevoir la fin de la galère et voguer vers de nouveaux rivages.

Le pinard que j'ai commandé, un rioja Marqués de Riscal, serait sûrement tip-top, comme on dit puis à Fribourg, s'il ne m'était servi en infusion. Chambré, quand le mercure se baguenaude entre 32° et 40°, merci du cadeau ! Je prends le loufiat en traite en lui réclamant de la glace pour ma flotte. Lorsqu'il me voit virguler les glaçons dans mon verre de nectar, il manque d'en paumer son dentier sur ma platée de riz au safran. Pour qu'il ne me taxe pas d'hispanophobie primaire, je lui glisse un gros format dans le gilet. Même en pesetas, il vaut son pesant de *mostaza*, le bifton.

C'est fou ce que j'aurai pu claquer en pourliches au cours de mon existence. Faudra que je demande un jour à un psy de m'éclairer sur cette prodigalité ancillaire.

Dans ma tronche, je me refais le film des dernières heures écoulées. Les arènes de Puerto Banús, Joselito, banderillero de génie trop tôt ravi à notre affection, l'évasion de son frère à Fouzy-Machodpis, cette photo épinglée sur la porte de l'apparte, la blonde à la Coccinelle blanche, la fragile Lucia tremblant pour sa sœur, l'immonde sodomite qui voulait la forcer, le plongeon de Clara, la cervelle de Tejero tartinée sur les murs, ma fuite, le kidnapping de Marie-Marie et de la Philippine, le port de Marbella, cette paella, trop de safran et ce rot bienvenu qui tant soulage l'estogome.

Les ai-je bien résumées, les vacances de San-Antonio ?

*
* *

Il ne me faut pas lulure pour sentir qu'on me file le train. Le type est pourtant plus discret qu'un pet de nonne sur un voile ciré. A croire qu'il se déplace sur coussin d'air. Mais la chance, la mienne, a voulu que les phares puissants d'une bagnole déboulant dans notre dos projettent un instant son ombre sur la vitrine d'un magasin.

Je chique à celui qui n'a rien remarqué et enfile les ruelles de la vieille ville d'une démarche de touriste errant en mal de femelle.

L'air est tiède, chargé de senteurs variées et contradictoires. Ça va du jasmin à la pisse de chat en passant par le romarin et le calamar frit. Derrière un balcon de fer forgé, une guitare insomniaque égrène des notes mélancos qui flanqueraient le blues à un congrès du Front national.

Tout en déambulant, je réfléchis : ceux qui ont enlevé Marie-Marie, buté Tejero, tenté de me scraffer, sont les complices de la Blonde et les assassins de Joselito Ypukantybez. Cette pensée devrait me terrifier, car la bande a démontré qu'elle ne faisait pas dans la dentelle. Une lueur d'espoir continue cependant de scintiller dans ma tête : pas le phare d'Alexandrie, bien sûr, mais une vacillante loupiote à laquelle je veux croire de toute mon âme.

Pour que les meurtriers du banderillero aient voulu me rayer des abonnés à l'oxygène, c'est qu'ils pensent que Joselito s'est confié à moi. Ça signifie qu'ils ne causeront pas de mal à ma femme tant que je tiendrai sur mes deux pattes. Et comme j'ai la ferme intention de me maintenir à la verticale, un soupçon d'optimisme reste à l'ordre sinon du jour, au moins de la nuit.

Ça s'organise dans ma théière. Le plan que j'échafaude est un modèle de simplicité. Un, je piège mon suiveur. Deux, je lui fais cracher l'adresse de ses commanditaires. Trois, je libère Marie-Marie et sa compagne. Beau programme, non ? Suffit de le mettre à exécution. Une intersection de deux ruelles à angle droit m'en fournit l'occasion.

Quelques mètres avant le carrefour, je me fous à courir comme un découillé (ça allège encore mieux que la rate).

Je bifurque à gauche et poursuis ma cavalcade... sur place, en sautillant de moins en moins pesamment pour donner l'illusion que mes pas s'éloignent.

Je sors le flingue piqué à Tejero. Pas sûr qu'après un séjour dans la piscaille il soit en état de vomir des dragées ; mais son petit museau noir peut impressionner un quidam. Après tout, mon portable fonctionnait bien, malgré la trempette.

Comme je l'escomptais, craignant de me perdre de vue, le filocheur pique un sprint, tourne à gauche et se retrouve naze à naze avec mon pétard. Il amorce un mouvement de recul, je le chope par le revers de sa veste et m'apprête à lui coller un coup de boule dans les gencives ; Identifiant in extremis le personnage, je retiens mon geste.

– Clara ! m'exlamé-je.

La Philippine se dégage de ma prise avec une

fulgurante vivacité. D'un coup de pied venu d'ailleurs, elle envoie dinguer mon calibre dans le caniveau. Elle se place en position de karatéka et me fait front. Le jour où les génies généticiens réussiront à croiser un singe avec une anguille, tu auras une vague idée de la souplesse de cette gamine.

– Si tu arrêtais tes bêtises ? murmuré-je d'un ton protecteur. Je ne suis pas ton ennemi, tu le sais bien ?

Elle reste concentrée, prête à l'attaque. Je me demande si elle a bien pigé ma phrase et si mon espagnol ne donnerait pas de la gîte.

– Tejero est mort ! insisté-je.

Cette fois, la môme se relâche un peu. Elle m'observe avec étonnement.

– C'est toi qui l'as tué ?

– Non. Je ne suis pas un assassin.

– Où est Lucia ?

– Je vais tout t'expliquer, mais calme-toi d'abord.

Je lui tends le plat de ma main. Après une brève hésitation, elle y applique sa paume en signe de conciliation. Puis elle va ramasser mon arme et me la restitue. Je lui souris.

– Tu as une drôle de dégaine, avec cette veste d'homme.

– Je ne pouvais pas me balader en chemise de nuit, objecte-t-elle. Je l'ai piquée à un touriste à la terrasse d'un restau, mais y avait pas de pognon dedans.

– T'es une vraie mariolle, toi. Comment m'as-tu retrouvé ?

– J'ai soif, fait-elle d'un ton buté.

Je l'attrape par l'épaule.

– Viens, je te paie un Coca sur la Plaza de los Naranjos.

*
* *

Naranjo signifiant oranger en espagnol, fine mouche comme je te connais, tu as déjà pigé que la place doit son nom aux arbres producteurs d'agrumes dont elle est agréablement complantée.

Les drapeaux de l'Espagne et de l'Andalousie

claquent au fronton de l'alcaldía, mairie de poupée située au centre de la façade nord.

J'ai ambitionné sur le potentiel nocturne de cette place à touristes. A trois plombes et des, tous les bistros ont empilé les chaises et baissé leur rideau de fer. Seul un petit estanco lugubrement néonné et formiqué, niché contre le flanc d'une église, est encore entrouvert.

Clara ingurgite un litre de jus d'orange, une énorme coupe de glace et trois churros, beignets aussi gras que les tifs de Béru la veille de son shampooing annuel. Une fois rassasiée, la mignonne me conte son aventure.

Au sortir de la piscine, elle est allée se réfugier à l'abri d'un buisson d'*epithelioma eburneus* à feuilles pennisséquées. Elle a entendu la fusillade, m'a vu plonger à mon tour et m'a suivi, ne sachant trop, avec son fragile 75 B, à quels seins se vouer. Pendant que je goinfrais ma paella, elle a chouré la veste d'un gogo, histoire de modifier sa silhouette. Lorsque je suis sorti du restau, elle a repris sa filature. Tu connais la suite, moi aussi.

Je ne te cache pas que l'irruption de la petite Philippine dans mon existence n'arrange pas mes bidons. D'abord, je suis amèrement déçu que mon suiveur n'ait pas été l'un des kidnappeurs de Marie-Marie. Ensuite, je me demande comment gérer le boulet que représente cette gamine. Elle est repérable comme un bouton de fièvre sur le clitoris de ta fiancée, ou une lueur d'humanité dans le regard de Vladimir Poutine. Si je me trimballe avec elle, les hommes de Tejero ne vont pas traîner à nous cibler et ça va être la grande lessive.

Il faut donc mettre Clara à l'abri pour contre-attaquer avec les coudées franches. Je dresse dans ma pensarde la liste des capacités de repli. Elles ne sont pas lerche. L'hôtel, il faut oublier, car les tauliers sont tous de mèche avec les matuches et la pègre. Impossible aussi dans l'appartement « Orénoque 112 » où gît le cadavre du chef barbeau, et dans l'« Indo 321 » où Lucia était séquestrée. La solution s'impose dans son irradiante luminescence : « Indo 221 », ma propre crèche !

Ni la bande de Tejero, ni celle de la femme blonde ne supposera un instant que l'on puisse revenir se flanquer dans la gueule du loup. Je pense fortement à la *Lettre volée* d'Edgar Poe : c'est souvent en pleine lumière qu'on se cache le mieux. Ma décision est prise.

La môme devra cependant s'introduire dans les lieux sans être repérée, c'est-à-dire en grimpant côté jardin. Agile comme elle est, cette perspective n'effraie pas Clara. Ce qui la gonfle, en revanche, c'est de s'appuyer à pincebroque le retour à Puente Romano. Je lui explique qu'il est difficile d'affréter un sapin, because les taximen du coin sont des balances croquant à tous les râteliers.

Qu'alors, Miss Philippines bondit de sa chaise et s'évade par une ruelle à peine plus large que l'esprit d'un chasseur de palombes face à un député vert (et vice versa).

Cette niaquouette ne va pas me jouer la fille de l'air une seconde fois alors que je fais tout pour lui sortir le cul des ronces !

J'emmanche deux ou trois venelles au hasard. Nib de nib ! Elle a disparu. Comme je déboule sur une placette, la pétarade d'une moto attire mon attention. Juchée sur une puissante

Kawasaki, Clara me fait signe de la rejoindre. Un chouïa médusé, je grimpe à l'arrière.

– Tu n'as pas volé cette bécane ? grondé-je.

– Emprunté seulement !

Elle met les gaz à fond et je dois m'accrocher à sa taille pour ne pas être éjecté.

On a planqué la moto à deux cents mètres du Puente Romano dans un bosquet de *melanomia interfolius baccara.* A travers les jardins, nous sommes parvenus en toute discrétion au bas de mon immeuble. Sous ma haute vigilance, Clara s'est juchée à mains nues jusqu'à la terrasse de l'appartement. Après une brève inspection des lieux, elle m'a fait signe que tout était correct.

A moi, maintenant. Direction ? Le Puma Club. J'ai comme une envie de me dégourdir les gambilles.

Et les phalanges, aussi.

*
* *

Lumières noires et dorées, peaux de bêtes en véritable acrylon sauvage, comptoir d'ébène, tabourets gainés de cuir sombre : tu as l'impression d'être entré au Puma Club avec tes lunettes de soleil.

Le trou du cul d'un nègre ! Cette métaphore sévissait au temps de ma jeunesse pour désigner l'obscurité. Les glandus de cette époque croyaient vraiment que l'intérieur d'un mâchuré était plus noir que celui d'un Blanc. Et puis ils ont été voir et se sont rendus à l'évidence : une fois dépecés, tous les hommes sont de même couleur, celle du sang, de la graisse et des viscères.

J'adresse un clin d'œil mental à mon black de Blanc, ce bon Jérémy, ministrable en sa Casamance natale.

Du fil de ma pensée en l'aiguille qui la torture, l'image de Marie-Marie s'impose à mon esprit. Comme sur une bande vidéo passée à l'accéléré, ma mémoire laisse défiler les images de notre vie. Je la revois mouflette, espiègle nièce bérurière, avec ses taches de son et ses nattes rebelles. J'évoque l'adolescente qui me déclarait sa flamme et me demandait en mariage. Et puis, ce temps perdu en « Je t'aime moi non plus », cette longue période où je ne me sentais pas prêt pour elle, ces années de jeunesse qu'elle a perdues à m'attendre, la naissance d'Antoinette et cette tendresse culière qui nous unit désormais comme les deux doigts de la main, et je te dis pas lesquels !

A mes heures, je sais me réfugier dans le quotidien banal de Mister Toulemonde. Je ne supporterais pas qu'il arrive malheur à mon indispensable Musaraigne. Seulement le pire, je vais te dire, le pire, c'est que je n'aurais même pas le choix de me faire sauter le caisson, à cause de ma fille et de ma Féloche vieillissante. J'en frissonne de désespoir. C'est une horrible farce du destin de retirer à un homme cet ultime recours qu'est le droit à la mort !

Surmontant ce coup de spleen, je m'avance vers le rade. Je suis surpris du calme qui règne dans la taule. Nul ne prête attention à ma personne, c'en est presque outrageant.

A croire que la mort de Tejero n'est pas encore connue de son équipe. Chacun besogne tranquillement et aucun flic n'a investi les lieux. La fusillade serait-elle passée inaperçue ? Ou prise pour un feu d'artifice ? Il est vrai que l'immeuble Orénoque se trouve très à l'écart et semble peu habité.

Ce répit n'est pas pour me déplaire, comme l'écrivait si bien Xavière Tibéri dans son magistral rapport sur la franco-connerie. Je m'installe au bar et commande un double pacharan sur glace.

La serveuse fait tellement pute qu'on se demande ce qu'elle fout à la verticale.

Elle s'étonne de ce qu'un beau gosse comme moi poireaute devant le comptoir alors que toutes les fumelles de la turne rêvent de frotter leur mont de Vénus contre la bosse de ma braguette. Je lui réplique que le slow n'est pas ma tasse de thé et que je suis en quête d'un certain Pedro Tejero. La bouille de la gonzesse se renfrogne.

– Qu'est-ce que vous lui voulez ? rouscaille-t-elle.

– Des trucs qui ne concernent pas les gonzesses ! répliqué-je, chiquant les marlous blasés.

L'ancillaire tord le nez et encaisse le coup.

– Il ne devrait pas tarder.

Son ton est naturel, ce qui me conforte dans l'idée que le corps du taulier n'a pas été découvert. Je décide de faire copain-copain avec la barmaid, façon privés amerlocks des années cinquante.

– Il est super, ton pacharan, poupée. Et toi, tu es un sacré brin de fille. C'est quoi, ton petit nom ?

– Dorothée.

– Le prénom de mes rêves. Tu finis à quelle heure ?

– Neuf plombes du mat'.

– Ça fait tard pour une nuit d'amour.

– Exact, admet-elle. Surtout que...

– ... les camélias sont de sortie ? supposé-je.

Elle plante ses yeux dans les miens.

– On pourrait se voir la semaine prochaine ?

– Excellente idée. En attendant, je voudrais que tu me rencardes sur...

Elle m'interrompt de manière péremptoire :

– Je ne sais rien de rien sur rien ! dit-elle en se détournant.

Je lui tends une fournée de pesetas plus épaisse que l'édredon de la princesse au petit pois. Elle gobe les talbins comme un caméléon une mouche hasardeuse.

– Vous êtes flic ? questionne-t-elle en enfouillant prestement les biftons dans son soutien-loches.

J'écarte le pan de ma veste pour lui laisser entrevoir la crosse du flingue.

– Est-ce que j'ai une dégaine de poulet, môme ? Mate un peu, c'est le même calibre que Tejero...

Et pour cause : c'est le sien ! Mais ça, j'omets de le préciser. Dorothée (elle s'appelle Incarnación sur sa carte de tapin) est impressionnée par mon aplomb. Je profite de mon petit effet.

– Je te donne une sacrée preuve de confiance en t'interrogeant à la place de mon pote Pedro, tu sais ?

– Que voulez-vous savoir ? demande-t-elle, vaincue par la mâle assurance que je porte sur le front.

– Je cherche une copine, une blonde de trente piges.

– C'est vague...

– Ce soir, elle portait un tailleur rouge.

Dorothée fait la moue.

– Je ne vois pas.

– Elle roule dans une New Beetle blanche décapotable.

– Ça ne me dit rien, s'empresse de me baratiner la serveuse.

Cette gosseline voit très bien de qui je cause. Seulement, le morceau semble trop gros pour sortir de sa bouche. Je lui refile une nouvelle pincée d'oseille. Elle dédaigne mon obole ; son faciès se crispe.

– Casse-toi, v'là mon mec ! marmonne-t-elle entre ses ratiches régulièrement lustrées au foutre frais.

Elle se débine à l'autre bout du bar et se met à essuyer des verres avec l'air concentré de Sir Fleming en train d'inventer la pénicilline.

Trois doigts me tapotent légèrement l'épaule. Je me retourne, sourire en batterie. Et là, mes gueux, j'en prends plein les carreaux. Le type qui me fait face n'est autre que Tejero ! Même costard, même écharpe de soie, mais sans tache de sang ; même queue-de-cheval, entière. Ne croyant pas aux fantômes, j'en conclus que ce double est le jumeau du défunt Pedro.

– Buenas noches, Pedro ! lui lancé-je, guilleret en diable.

– Moi, c'est Ricardo ! rectifie-t-il.

– Enchanté.

– Ça t'gêne pas de baratiner ma femme ?

– Excuse-moi, je l'avais prise pour une pute.

– Qu'est-ce qui te permet d'me tutoyer ?

– Ça ! dis-je en lui flanquant mon coude dans le plexus solaire.

Ricardo fait « goufff » et se plie en deux. Je lui redresse le menton d'un uppercut portion adulte. Il s'effondre à mes pieds dans une posture ridicule. Histoire de rigoler un peu, j'attrape sa queue-de-cheval et tire dessus. Çarésiste.

– Merde, c'est du vrai ? Dommage ! La calvitie te donnerait l'air intelligent de ton frère !

Les deux videurs de l'entrée rappliquent à la rescousse en bousculant tout sur leur passage. Il faut voir la percée des malabars ! Les danseurs de frotti-frotta valsent sur la piste comme des quilles de bowling.

Spare !

Je crains que le strike ne soit pour ma pomme. Tu me diras que je l'ai bien cherché. Mais si je suis venu rouler des mécaniques dans cette boîte, c'est pas seulement pour le plaisir d'en prendre plein la poire.

Mon projet est d'attirer l'attention des partenaires de la mystérieuse Blonde. Je suis de plus en plus persuadé que, d'une manière ou d'une autre, Miss New Beetle est en cheville avec la bande du regretté Pedro. Et comment remonter jusqu'à Marie-Marie sans piéger l'un de ses ravisseurs ?

Le temps que je te jacte en aparté, les molosses me sont fondu dessus. Je me bande en position d'attaque. Mon crochet droit ira percuter la mâchoire de l'assaillant de gauche, tandis que mon pied gauche partira à l'encontre des valseuses de l'agresseur de droite. C'est une nouvelle technique, ça vient de sortir, et si ton prof de kung-fu t'explique que c'est impossible à exécuter, dis-lui de venir prendre une leçon avec ton San-A favori !

Je te rassure tout de suite : on ne saura jamais la faisabilité (joli mot techno-crétin) de ce mouvement, vu que les serre-livres se désintéressent de mégnace. Ils s'affairent autour de Ricardo, le relèvent et lui jactent si vite que j'entrave pas une broque.

Mais ça a l'air grave, à en juger par leur mine fripée.

Bien que chancelant, Tejero jumeau brandit son index dans ma direction :

– On se reverra, salope, on se reverra !

– J'y compte bien ! le rassuré-je, sourire Colgate en vitrine.

Ses sbires l'évacuent vers la sortie. Mon sourire se fige. Aucun doute à avoir : le cadavre de Pedro vient d'être retrouvé. J'ai intérêt à évacuer mes os avant que la volaille rapplique. Ce serait mauvais pour mon curriculum qu'on me chope avec l'arme de la victime fichée dans ma ceinture.

Je vais m'accouder devant Dorothée. Elle me bouffe tellement des yeux que j'en ai des frissons dans la moelle pinière. La trempe infligée à son locdu lui a chancetiqué les endocrines. En échange d'un ramonage express, elle est prête à grimper la face nord de l'Everest à mains nues et sans slip.

– Vachement jalmince, ton mac !

– Une lavette, oui ! Le caïd, c'est son frère. Faudra te méfier de Pedro, c'est un vrai dur.

Comment lui expliquer qu'à l'heure actuelle le dur est plutôt raide et aussi dangereux qu'une rondelle de chorizo ? Le mieux est de lui passer la deuxième couche.

– Dorothée, ma douce Dorothée, il faut que je t'avoue quelque chose : je n'ai jamais été autant attiré par une femme depuis des lustres. Tu es celle que ma bite attendait. Notre coït – j'espère que tu es sensible à la poésie du mot – te fera connaître le feu d'artifesse absolu. Ta babasse actuellement en réfection de peinture saura attendre cet instant mirifique, le moment éjaculatoire où ma semence transgénétique jaillira en ton con de déesse pour engendrer la race nouvelle qui sauvera notre humanité d'un avenir débilitant et superfétatoire.

– Vvvvvouiiiii ! hurle-t-elle.

Rapatrions-la sur notre pauvre planète :

– La fille blonde à la Coccinelle blanche, tu la connais, j'en suis sûr ?

– Vvvvvouiiiii ! répète-t-elle.

– C'est une copine de Pedro ?

– Non !

La négation est formelle. Ma douce égérie commence à réaliser l'étrangeté de mes questions.

– Pourquoi tu me demandes tout ça ?

– Par amour, mon bébé ! Il faut que je sache...

Encore vaselinée, Dorothée dodeline.

– Cette fille ? Les Tejero la détestent ! Chaque fois qu'elle arrive, ils sont d'une humeur massacrante.

Je m'apprête à préciser mon interrogatoire lorsque la dame-pipi du vestiaire, celle qui a un bas filé sur le mollet gauche, tu dois t'en souvenir, se pointe devant moi, porteuse d'une ardoise sur laquelle il est écrit :

« Sr SAN-ANTONIO AL BIGOFONO »
(ce qui signifie qu'on me réclame
au téléphone)

Je m'approche, intrigué, et lui souffle dans les étiquettes :

– Qui le demande ?

– *¡ Un hombre borracho* (un mec bourré) *!*

– Son nom ? insisté-je.

Lorgnant le papelard, elle déchiffre avec peine :

– Berrouriière !

Mouille ton doigt et tourne la feuille.

Segundo Tercio

LES VACANCES A BÉRURIER

4

Picador

Il y a des jours comme ça où la vie est baroque, mouvementée, tortueuse, plus spectaculaire que logique. A l'autre bout du fil, Alexandre-Benoît, pété comme une canalisation de Reykjavik en hiver, bredouille des phrases de poivrot à la limite du hors-boire.

– Comment m'as-tu déniché ici, Grosse Pomme à Cidre ? questionné-je.

– Attends... que je réfléchiasse..., ânonne Sa Majesté.

– Fais vite ! je-disé-je-t-il en lorgnant la porte d'entrée de la turne.

– N'en fait, ne sussant pas ton numéro, j'm'ai souvenu de çui à Marie-Marie, vu qu'elle est ma nièce entièrement légitime...

– Et alors ? le harcelé-je.

– C'est un mec qui m'a répondu. Y m'a dit que j'pouvais t'appeler au Puma Club dont au sujet duquel il m'a refilé les con-ordonnées.

Je pige, et toi aussi, que je suis plus surveillé par mes ennemis qu'un soufflé aux truffes chez Lasserre.

Le gros éructe dans l'ébonite ; il me semble renifler la pestilence de ses miasmes digestifs.

– C'est tout ce que tu as à me bonnir ?

– Non ! Faudrait que tu venasses vite à mon ressecours, Tonio.

– Mais je suis en Espagne ! objecté-je.

– Moi z'aussi ! Avec Berthe, on voulait vous faire la surprise de vous rejoinder à Merdella...

– Marbella !

– P't'ête ben. Seulement, ça a foiré et à l'heure où j'te cause, ma Gravosse a été kidnappée...

– Elle aussi ? ne puis-je m'empêcher de vociférer.

– Authentique ! fait le Mastard sans relever mon « aussi ».

– Où es-tu ?

L'Immonde jacasse off avec un personnage dont j'identifie l'organe comme étant féminin.

– J'suis à Issy-les-Molinos ! indique-t-il au bout de quelques instants.

– Ce ne serait pas plutôt Torremolinos ?

– Sifflet ! Juste à côté de Marsala...

– Tu veux dire Malaga ?

– On va pas chier une pendule pour une marque de pinard. Tu rappliques ?

– Évidemment ! soupiré-je. Je te retrouve où ?

– Attends, j'demande à Chiquita... Dis voir, Poupette, où-ce que tu crèches, exactement ? C'est ça, écris-le moive sur un papelard. Un instant, San-A... C'te donzelle, j'te jure que j'y colle à la peau. Déjà qu'elle a couiné quand je l'ai mise à l'index, t'imagines en présence du molosse ?

*
* *

Au moment où je quitte la cabine téléphonique du Puma Club, Ricardo Tejero rapplique, écumant de rage et de vengeance, flanqué de ses seconds couteaux.

Par chance, il se dirige droit vers le bar et entreprend de questionner sa gonzesse avec les mains. Je te parie une lune de miel avec un ours polaire que c'est après moi qu'il en a.

En deux mandales, il rectifie le portrait de Dorothée et la brave hétaïre désigne l'endroit où je me trouvais il y a moins d'une seconde. Mais tu connais mes réflexes ? J'ai déjà investi les chiottes voisins. Je dirai même voisines, vu que ce sont les gogues femelles. Une immense rouquine est en train de se ravaler la vitrine et mon irruption lui file des idées de radada dans la sous-ventrière.

– Tu t'es paumé, chouchou ? qu'elle me balance.

Je réalise aussi sec qu'il s'agit d'un travelo de l'époque présidéenne.

– Non, je venais juste m'assurer que tu avais fait un bel étron ! répliqué-je en lui fulgurant le menton d'un crochet X.

Je traîne la fiote vers une cabine, l'installe sur le trône et referme la porte. Puis je me juche sur la lunette de faïence pour que mes pinceaux ne soient pas vus au sol depuis l'extérieur. Bien m'en prend, car un brouhaha de mauvais aloi investit les cagoinces. Lorgnant sous la porte, les hommes de Tejero s'interrogent :

– C'est toi, la Mariposa ? demande l'un des gros bras.

Je réponds par le son que tu émets lorsque tu pratique une expulsion domiciliaire.

– Mmmmm...

– Si t'as des hémorroïdes, fais jouer ton assurance, rigole le mec. Accident du travail !

Les autres se marrent en quittant les latrines. Je subodore que la femme à la Coccinelle a convaincu Ricardo de ma culpabilité dans la mort de son frère. Manière de se dédouaner, de me faire porter le bada et de programmer mon élimination. J'ai déjà connu des situations plus confortables !

Le travesti donnant des signes d'éveil, je lui flanque un coup de coude dans le temporal. Il reprend du service aux abonnés absents.

Coup d'œil furtif sur le lieu d'aisances : la voie est libre.

Il n'est pas question de retourner dans la partie vive de la boîte pour me faire cueillir comme un trèfle à quatre feuilles. Le fenestron des lavatories suffira à mon bonheur. Grâce à cette merveilleuse musculature abdominale que je suis capable de rétracter à volonté, je parviens à me couler à l'extérieur. Je laisse chuter mon corps en avant et me réceptionne sans dommage en un magnifique roulé d'épaule.

Qui m'amène pile aux pieds de Ricardo Tejero.

– J'étais sûr que tu sortirais par les chiottes ! grince-t-il. Toutes les merdes passent par là !

Je me soumets à son Magnum 747, arme récemment élaborée en joint-venture avec la société Boeing. Ce débile va me faire payer très cher la mort de son frelot.

– Ce n'est pas moi qui ai tué ton frère, plaidé-je sans grand espoir. On nous a tiré dessus, ils l'ont visé en premier et j'ai réussi à m'échapper.

– Arrête tes conneries ! fait Tejero, tremblant de rage.

– C'est la fille blonde avec une New Beetle blanche qui l'a fait flinguer. Je te le jure !

Ricardo marque le coup. Mon accusation ne le laisse pas indifférent. Il vibre de toutes ses mâtures. On pourrait croire Mister Hyde jaillissant du cocon de Jekyll. Son faciès se burine, les plis de son visage captent la lumière de manière effrayante.

– Peut-être, salopard ! Mais je vais te crever quand même...

La contraction de son doigt sur la détente est inéluctable. Le coup part. La balle me rase le mollet et va se perdre dans une poubelle, dérangeant le souper d'un rat gastronome. Je n'en reviens pas d'être encore vivant.

Ricardo Tejero fait un pas en avant, deux en arrière, et s'écroule comme un sac sur le dos. Une barre de métal à la main, Clara jaillit de l'ombre.

– Il était temps, rigole-t-elle.

– Qu'est-ce que tu fais ici ?

– Je me faisais chier dans la piaule, alors je suis venue rôder autour du Puma Club.

– Bonne initiative, fillette ! Seulement, il faut qu'on se tire au plus vite.

– La moto ? propose-t-elle.

– D'accord, mais c'est moi qui pilote.

*
* *

Le jour où les promoteurs franchouilles achèteront des matériaux nobles à la place d'élus ripoux, ils devront venir faire un tour du côté de Torremolinos pour savoir ce qu'il ne faut pas faire. Les enfoirés du cru ont souillé l'un des plus beaux sites de la Costa del Sol en édifiant un véritable mur de la honte en front de mer. Mon pote Coluche dénonçait ça comme des « cages à lapins ». Tiens, lui aurait fait un bon résident de la Raie publique ! D'abord, il nous aurait débarrassés des cloportes qui vérolent la politique. Il les aurait virés par la seule force de son humour et de sa dérision. Eux se seraient sauvés, lapins traqués, n'ayant pour seul panache que le frétillement et la blancheur fadasse de leur petite queue frileuse. Mais puisqu'il n'est de pitié que pour la canaille, c'est Monseigneur Restau du Cœur qui s'est fraisé sous un camion. Et ces endoffés poursuivent leur absence de vergogne, langue-de-boisant, pérorant leur incompétence, se parant des plumes de l'amnistie, ponctuant leur incurie de lois et de décrets n'intéressant qu'eux-mêmes. Bien sûr, quelques juges de gauche expédient quelques ministres de droite en cabane et lycée de Versailles. Piètre consolation !

Tout ça pour te dire que la résidence où sied Béru est une falaise de béton que la nuit couve d'un regard affligé. Bâtiment G, escalier 7, 21e étage.

Comble de félicité, l'ascenseur est en rideau. On s'appuie la grimpette à pincebroque. Clara trouve le gag plutôt farce, moi j'arrive sur le palier hors d'Hélène, le poitrail sifflant pire qu'un bandonéon de saloon flingué par Calamity Jane. Mon index presse en bloblotant le bouton de la sonnette. Un brouhaha confus fait suite à cet appel, suivi d'un pas pesant, et la lourde se déponne.

Alors là, mon gueux, j'ai la vision du siècle ! Tu as déjà imaginé, même dans tes pires fantasmes, notre Alexandre-Benoît vêtu d'une robe de danseuse de flamenco ? Ses bras de catcheur décorés de manches à volants, sa bedaine étranglée dans une étoffe rouge à pois mauves ? Moi non plus ! Le costume étant trop court, ses moltobocs poilus jaillissent sous un jupon à mille froufrous.

Ma petite Philippine n'est pas surprise outre mesure.

– Ah ! C'est une boîte de pédés ? s'exclame-t-elle.

Je ne serais pas loin d'entériner sa supposition si le Gravos ne me fournissait une explication à cette étrange tenue.

– J'étais à poil ! Chiquita m'a prêté un de ses costumes de scène. Elle est danseuse au Flamingo, la boîte z'à la mode de Torre-Molinaro.

C'est alors qu'il avise Clara. A travers sa biture déclinante, il n'avait pas remarqué ma compagne.

– T'as largué Marie-Marie ? s'offusque-t-il. Je savais pas qu'tu recrutais dans les maternelles !

– Je vais tout te raconter, Béru, mais ça risque de te donner soif.

Satisfait de cette prémice, il recouvre sa joie de vivre et nous entraîne dans la piaule de l'appartement. Une grosse vache que l'on pourrait prendre pour Berthe, si elle n'était basanée et deux fois plus volumineuse, est allongée sur le pucier, un bras sous la tête, les jambes largement écartées.

– J'te présente Chiquita, ma sauveresse !

On peut vraiment dire que cette gonzesse est à poil, vu le tablier de sapeur qu'elle se trimballe. Même les guenons du zoo de Vincennes sembleraient glabres à côté d'elle.

Clara se méprend.

– J'ai compris, dit-elle. Tu m'as fait venir pour lécher la dame ?

Je me fous aussi sec en renaud.

– Mets-toi bien dans ta petite tête que tu n'es pas une pute. Tu n'es plus obligée de pratiquer des trucs dégueulasses.

– C'est pas dégueulasse, c'est mon métier, objecte-t-elle.

– Eh bien, tu vas changer de boulot ! Ho, Béru, demande à ta grognasse de camoufler son Padirac à moustache.

– Demandes-y toi-même, on communique que par copulation interposassée. Elle parle l'espingouin et moi j'ai pas fait les langues zob. Sorti de Paella, Cinzano, Kartofel et Cinq-you, je cause pas une broque d'étranger.

Quelques minutes plus tard, devant une bouteille de l'incontournable pacharan, nous avons fait le point de la situasse. Béru est au courant de mes récentes pérégrinations et il m'a conté les siennes. Inutile de te remémorer ce que nous avons vécu de conserve, ni l'angoisse qui m'étreint. En revanche, tu te morfonds de connaître l'épopée béruréenne. Étant payé pour ce faire, je ne saurais me soustraire à la tâche, ainsi que l'écrivaient jadis les auteurs à insuccès.

Sache donc, fortuné lecteur qui t'es intelligemment fourvoyé entre ces lignes, que le Mastard et sa Baleine, escomptant nous faire la surprise d'une visite impromptue, ont loué une caravane à un romanichel de leur connaissance et sont partis à l'assaut du grand Sud. Hier soir, après un dîner fort arrosé dans une auberge des environs de Malaga, Béru s'est senti pâle.

– Tu comprends, m'a expliqué l'Immonde, j'voyais quat' routes et huit feux rouges à chaque bagnole. Ma Berthe étant quasiment plongée dans un coma épidermique, j'm'ai dit que si j'voudrais pas perd' plus d'points sur mon permis qu'à l'oral de mon certif, valait mieux que je m'arrêtasse. Z'a un moment, j'ai vu un camp de caravaninge et j'sus-t'entré. J'ai planqué mon escargot sous le parasol d'un pin et j'm'ai z'endormi comme la Loire, l'Indre-et-Loire et le Loir-et-Cher réunis. N'ensute, je remémore plus mes souvenirs. Tout ce dont j'me rappelle, c'est Chiquita qui m'ramasse au bord de la route, en calbute, avec juste la trompe qui dépassait. Je croive qu'c'est ça qui l'a motivée à jouer les Saint-Bernard-Hinault.

– En fait, raisonné-je, c'est pas Berthe qui a été enlevée dans ce caravaning, mais toi qui en as été expulsé ?

– Positivement.

– Et ce camping, tu pourrais le retrouver ?

Bérurier fait « bof » avec le cul et une odeur de vase communicante envahit le studio de la plantureuse Chiquita qui s'empresse de nous resservir une tournée. Clara se pince le nez et s'éloigne.

– Il est ignoble, ton copain ! Il a une grosse bite, mais il pue le phacochère.

– Comment sais-tu qu'il a une grosse bite ? m'étonné-je. Il n'a jamais soulevé sa robe.

– Y a qu'à voir ses pouces, rigole la délurée. En créole philippin, on dit : « *Gordo pulgar, gorda mangala !* »

– Qu'est-ce qu'elle déconne ? demande Béru.

– Elle déconne pas, elle prophétise !

*
* *

En échange du prêt de sa bagnole, Chiquita a exigé au prélavable de pomper le mandrin de l'Ineffable. Croyant à une partouze, Clara s'est agenouillée devant moi. Je l'ai tirée par les tifs pour l'arracher à ma braguette et l'ai envoyée se coucher. Elle s'est pieutée, boudeuse d'être éconduite, en grommelant force commentaires sur le membre de mon pote.

J'ai bien fait d'éloigner la fillette car au salon, la séquence s'enhardit. Chiquita prétend enfourner le cobra de Béru jusqu'à la garde. Impossible gageure. Même une avaleuse de sabre du Forum des Halles tentant l'expérience s'est retrouvée à l'Hôtel-Dieu sous trachéo (Tommy de son petit nom). Mais l'Andalouse aux seins brunis est femme de caractère. Elle ne renonce jamais devant une difficulté. La première moitié du *corpus delicti* étant passée sans encombre, elle insiste. Pourquoi les vingt derniers centimètres ne suivraient-ils pas le même chemin ? Alors il pousse, le Gravos, et sa formidable gaule s'engouffre inexorablement. On croirait une murène se repliant en son repaire.

Sans avoir fait laringue-au-logis en première langue, je peux t'affirmer que les amygdales sont dépassées. Cette étrange pomme d'Adam qui pousse au cou de Chiquita n'épouse-t-elle pas la forme du gland alexandre-benoîtin ? L'exploit paraît à portée de gorge. Brusquement, Chiquita craque comme souvent les champions proches de l'inaccessible record. Son visage trahit l'asphyxie. Sa respiration devient saccadée, ses pommettes rougeoient, ses prunelles s'exorbitent, et la gaule du Mastard est expulsée d'un coup ! Vlam ! Le serpentin de corps caverneux ressort et zèbre l'air avec le claquement du fouet de Zorro. Il est aussitôt escorté du souper de la fille qui fuse en queue de renard délicatement parfumée au pacharan.

Béru s'essuie après les falbalas de sa robe. La môme est confuse, mais l'Impétueux la rassure :

– Ç'arrive, poupette ! C'est pas grave. Mets-toi z'à plat ventre su'l canapêche. Quand ça glisse pas d'un côté, souvent ça rent' mieux de l'aut'.

Chiquita obtempère. Le Mastard s'allonge sur elle et lui flanque un coup de madrier à défoncer les portes de Notre-Dame. L'espingouse nous interprète aussitôt le grand air du tabouret de la préparation H : Aïe ! Aïe ! Aïe ! Aïe ! Aïe ! Aïe ! Aïe ! Aïe ! Aïïïïïe ! ! ! !

– Olé ! ! ! répond tout l'immeuble d'un même cri.

– Merde ! rouscaille Sa Majesté. Ça sert à quoive que t'eusses une babasse plus large qu'l'entrée d'Médrano si ton fion est même pas capab' d'accueillir un finegueur de Crade-bury ?

Chiquita mord les draps de souffrance, Béru compatit.

– Soite ! Je conçoive que t'ayes des émeraudes, mais y faut prend' sur toi, ma poule. Un bon ramonage, y a rien d'tel pour dégager les voies sur verge ! Allez... On va rezessayer, mais dans l'velouté. San-A, ça t'ennuirait-il d'me passer l'huile d'olive ?

Je m'apprête à vitupérer l'Immonde lorsque l'on frappe à la porte. Instinctivement, je dégage l'ami Tu-Tues, car, par les temps qui courent, je me méfie des visites impromptues.

– *¿ Quién está ?* questionne Chiquita.

– Carmino ! chuchote une voix de fillette nubile.

Rassure-toi, je ne vais pas finir le bouquin en espingo.

– Entre, c'est ouvert.

Une vieille pédale de cent kilos fait irruption en papillonnant. Il a le cheveu en bataille et porte un survêtement rose.

– Salut, Chichi ! minaude le type. Je t'ai entendue chanter... Mais c'est la fête, ici ?

– Qui est-ce ? demandé-je à notre hôtesse.

– Mon voisin du dessous. C'est un copain.

Je remise mon soufflant. Éberlué par le goumi de Béru, le Carmino n'a même pas remarqué mon arme. Voyant mon pote attifé en donzelle, la folledingue se méprend et croit avoir affaire à un travelo.

– Qu'elle est belle ! s'extasie-t-il.

Emporté par son enthousiasme, il glisse une main sous les dentelles du Mastard. La réplique n'est pas proportionnée à l'attaque, comme on dit dans les communiqués de l'O.N.U. Une énorme baffe envoie dinguer Carmino à l'autre bout de la pièce.

– Touche pas à mon pot, sale lope !

L'Horrible s'empare de l'huile sus-réclamée, s'en asperge l'asparagus et reprend l'opération « Tunnel sous la hanche ».

– Tu vas voir, ma puce, ça va passer mieux qu'une let' à la poste. Si te dirais que ma Berthe, dont j'sus sans nouvelles et que si je bande encore, c'est d'inquiétude, la première fois qu' j'y ai fait le petit, elle a pas apprécié outre menstrues...

Embarrassé dans sa jupaille, Béru la rabat sur sa tête pour profiter de toute son aisance culière.

– Z'aujourd'hui, ma Gravosse, si on voudrait lui mastiquer l'ornière, faudrait qu'Monsieur Félisque, la seule plus grosse bitoune que moi dans toute l'Europe et ses frontières, vinsse me prêter pine forte, c'est t'dire l'à quel point la bagouze est à géométrie variable !

Tandis que Bérurier s'escrime, Carmino, au comble de l'excitation, largue son jogging et va s'allonger sur le divan. Il fait signe à Chiquita de dégager et glisse ses meules sous le boutoir d'A.B.B. La jonction s'opère aussitôt.

– Et voilà ! s'extasie mon noble collègue. Comme dans du beurre ! J't'avais préviendu ! On jurerait qu'ton prose a pris la taille XXXL ! Tu me sens bien, au moins ?

– *¡ Sí !* susurre Carmino.

– Tu vas jouir, grosse pute ? insiste Béru en s'activant de plus belle.

– *¡ Sííííííí ! ¡ Desfondame, desfonda bien* (défonce-moi bien) *!*

Intrigué par le timbre de voix, Béru se dépêtre de ses jupons et avise la situation. Il décule d'un trait et bondit hors du canapé.

– Non, mais qu'est-c'est c'te tantouze qui m'rend pédé à mon insuce ? J'en ai tapé, des lunes, j'le con et j'le fesse, mais è z'étaient toujours du sesque féminin !

Il attrape Carmino par les cheveux, l'oblige à se relever et lui balance d'impitoyables coups de genou dans le triumverrat. La vieille pédale semble apprécier ce traitement. Il pousse des gémissements de chiot cherchant le pis maternel. Une ultime bourrade de l'Infernal le met en pâmoison et il éjacule à tort et à travers dans la pièce. Je m'interpose pour éviter qu'Alexandre ne le massacre pour de bon. En deux coups de cul hier à Pau, j'éjecte Carmino à poil sur le palier.

– Calme-toi, Gros ! Ta biroute a déjà connu de bien pires outrages, non ?

– C'est vrai, admet-il loyalement. N'empêche que je m'ai toujours pas vidé les balloches et qu'elles sont gonflées comme un zeppelin !

– Pose tes fringues de ballerine et enfile le survêtement de Carmino, conseillé-je. Tu vas enfin ressembler à l'éléphant rose de tes rêves...

Barca ! Viens avec nous, Dugenou, tu ne vas pas le regretter !

5

Faena*

On a mis les adjas en recommandant à Chiquita de surveiller la gamine comme du lait sur le foutre. Sa Toyota is not fantastic, mais elle roule. Tout en fonçant pied au plancher en direction de Malaga, je me demande pourquoi, sur simple sollicitation de mon goret privatif, je me lance à la recherche de sa lubrique truie alors que mon indispensable Musaraigne reste captive quelque part, peut-être tout près d'ici ? J'imagine le visage d'Antoinette quand je lui apprendrai que sa mère a disparu ! Les enfants ne réagissent pas comme nous. Ils perçoivent la réalité sans lui accorder de valeur définitive. Ma mouflette me

---

* *Faena* : travail du matador préparant le coup fatal.

demandera : « Quand maman sera plus morte, elle va revenir chez nous ? »

Je chope mon bigophone et compose le numéro de Marie-Marie. Je sais que je n'entendrai pas sa voix, mais celle de son geôlier sera déjà l'ébauche d'un contact. Quelques instants plus tard, un disque en espingo m'informe que le numéro n'est plus attribué. Le pont est définitivement coupé. Une boule de feu me ravage le cœur, mais mon esprit continue d'accomplir son boulot. Il me chuchote que le seul lien me reliant à la mère d'Antoinette, c'est la femme blonde. Alors j'implore de tout mon foie : pour Marie-Marie, dont les entrailles divines ont transformé un pauvre éjaculat en enfant du bonheur, prions le Seigneur !

Je l'ignore encore, tu verras que le Tout-Puissant va se manifester. Mais chut ! C'est pour plus tard...

Nous parvenons dans les faubourgs de la ville. Le chant de la Malagueña me revient à l'esprit : « *¡ Que bonitos ojos tienes, debajo de esas dos cejas... / Y desirite, niña hermosa... / que eres linda y hechicera... / como el candor de una rosa !...* » J'ai appris cette superbe chanson au collège et ne l'ai jamais oubliée. C'est peut-être elle qui m'a donné cette passion de l'Espagne que je paie si cruellement aujourd'hui.

En dépit de l'heure aurorale, la circulance est encore ou déjà véhémente. Grâce au récépissé (le mérinos) de la carte bleue de Béru, je dégotte l'adresse du restau où ils se sont décalqué la tronche, sa rombiasse et lui.

C'est un estanco craspouille de la périphérie, égayé par la rouille des volets baissés. Le proprio est allé se réassortir en poissonnailles congelées nécessaires à l'élaboration de son « menu touristique ».

– Ça paye pas de mine, explique l'Affreux, mais c'était vachement copieux ! Pour commencer, j'ai pris les tapas avariés, un tas d'trucs frigouzés et gras-t-à-souhait. Berthie, elle, pour ménager sa ligne, s'est contentée d'un calamar farci aux poivrons. Ça fait roter, mais ça abîme pas les poignées d'amour. N'ensute, j'ai z'opté pour un ragoût de fèves au cochon de lait, une pure merveille...

– Écrase, Bibendum, on n'est pas là pour le

guide Michelin ! Ce qui m'intéresse, c'est l'après-repas. Tu as regagné ta caisse ?

– Textuel ! Elle était garée sur le parkinge, juste là devant.

Il me désigne un terrain vague hirsuté de cactus, d'aloès et autres herbes locales.

– Ma pauv' Berthe étant beurrée comme une tartine de Nutella, je l'ai paddockée dans la roulotte, poursuit-il. J'ai z'eu un mal fou à ouvrir la portière d'ma tire, vu qu'j'opérais avec la clé de mon appartement.

– Bref ! Tu as réussi à démarrer ?

– N'en fin de compte, oui !

– Bon. On va essayer de refaire ton parcours. Tu as pris quelle direction ?

L'Obèse n'hésite pas.

– A droite.

– Tu es sûr ?

– Affirmatif ! J'm'rappelle le chapeau d'eau en forme de coquetier.

– Tu veux dire le château d'eau, là-bas en face ?

– Çui-là même !

– En route.

J'embraye et prends la direction indiquée par le señor Berourrière.

Un coup de saveur dans mon rétroviseur me permet de constater qu'une bagnole non identifiable s'élance derrière nous, tous feux éteints. Voilà qui me laisse perplexe, mais n'est pas pour me déplaire. J'accélère progressivement, sans cesser de lorgner dans le miroir. Pas de doute : on nous suit. Sans l'acuité de ma vue et la qualité de ma vigilance, je n'aurais pas remarqué ce menu incident. Tu sais l'à quel point je suis un flic d'exception ? Un brin marron pour l'instant, mais je n'ai pas l'intention de me laisser trimballer longtemps comme une potiche. Une inversion de filature pourrait s'avérer juteuse, n'est-il pas ?

On dépasse le chapeau d'eau de Béru et je continue d'appuyer sur le champignon.

– Mets ta ceinture, Gravos, on va faire une cascade.

Un ronflement de porcidé réplique à mon injonction.

Tant pis pour sa hure ! Je freine à en faire péter les plaquettes. Les pneus usés de la tire glissent sur le macadam. Je braque à fond et pars en tête-à-queue. La guinde dérape en tourniquant sur le bas-côté. Mon filocheur n'a rien pigé de la manœuvre et passe à toute vibure dans la lueur de mes phares.

Ça t'étonne si je te dis qu'il s'agit d'une Coccinelle blanche décapotée conduite par une femme blonde habillée de rouge ?

Sacré Chaperon !

***

Sa Rotondité ne s'est même pas réveillée et continue d'émettre des sons évoquant à la fois le soufflet de forge, le sifflet de perdreau, le siphon de chiottes et le suint de mouton (pour l'odeur). Les feux arrière de la New Beetle me sèment du poivre dans chaque ligne droite, mais je rattrape mon retard dans les virolos. La région étant escarpée, je gagne petit à petit du terrain. Tout en pressant la pédale, je gamberge façon météore. La question qui me taraude l'esprit, tu t'en doutes, c'est comment la Blondasse s'est-elle retrouvée sur mon chemin ? J'ai beau me torturer les méninges et envisager toutes les solutions possibles, une seule hypothèse ne m'apparaît pas trop farfelue : la gonzesse nous a suivis, Clara et moi, depuis la sortie du Puma Club, puis pistés jusque chez Chiquita. Me voyant repartir avec la Gonfle, elle nous aura filés pour savoir ce que nous maquignions (du verbe « maquigner »).

Maintenant, c'est moi qui lui traque le fion. La voilà dans la situation du lapin chasseur devenu chasseur lapiné. Pour l'avoir entr'aperçue, je la pinerais bien, d'ailleurs, car elle est plutôt à mon goût. Mais toute béance festonnée de dentelle n'est-elle pas réputée à mon goût ? That is the quetsche, hein ?

Voyant que je reviens sur ses talons, la conducteuse s'enhardit et bourre comme une ânesse sur la route sinueuse. L'aube chassant les limbes de la nuit, nous en sommes à ce stade dit « entre chien et loup » où la visibilité est faible pour les pauvres humanoïdes que nous sommes, surtout toi.

Ma Toyasserie japonouille, drivée de main de

maître, parvient à recoller au cul de la VW. Miss Blondeur est peut-être une experte en matière de flingage, mais le pilotage n'est pas son fort.

Alors que nous longeons un cours d'eau bouillonnant, un putain de camion (Renaut), occupant toute la route, se présente face à la Coccinelle. Paniquée, la fille freine en se rabattant sur le côté. Sa voiture mord le talus, part en dévers, glisse le long de la berme et plonge dans la rivière. Par définition, une décapotable, c'est perméable, aussi la bagnole disparaît-elle en quelques bulles dans les eaux mouvementées du torrent.

Il faut sauver cette femme !

Ne te méprends pas, ma réaction est d'un égoïsme forcené, car ce n'est pas à sa peau que je tiens. D'ailleurs, une peau, qu'est-ce que ça vaut vraiment ? Peau de vache, peau de fesse, peau de couilles, peau de zob, peau de chagrin, changer de peau, vendre sa peau, la peau de l'ours, la peau sur les os, faire la peau... Pas une peau pour rattraper l'autre, si ce n'est la peau de pêche des cuisses de ta copine. En fait, cet organe destiné à emballer la graisse des animaux sert aux hommes à se repérer, se distinguer, se classifier, se ségréguer, s'apartheider. Jaunes, blancs, noirs, rouges, niakoués, albinos, moricauds, cuivrés, basanés, métèques et rastaquouères, votre peau est l'étendard (souvent sanglant) du racisme.

Pourquoi je me crève l'oignon à te raconter tout ça, toi qui, honteux de penser Le Pen, te rabats sur de Villiers ? Je parle de Philippe, bien sûr !

Que disais-je-t-il, déjà ? Ah oui : la Blonde ne doit pas mourir ! Elle est l'ultime maillon me reliant à Marie-Marie. Alors je prends la décision qui s'impose. Je largue mes pompes et ma veste. Le conducteur du camion, un gros moustachu avec le foie en bandoulière, me tend une lampe-torche en me recommandant d'être prudent. Tu parles ! Malgré le climat caniculard, l'eau de ce torrent qui vient tout droit de la sierra Dada doit être glacée comme la biroute d'un Esquimau souffrant de la prostate. Le plongeon dans la piscine du Puente Romano fut un aimable ébat de naïade à côté de ce qui m'attend.

J'hésite un brin devant ces remous frangés d'écume que les premières lueurs du matin embrasent telles des flammes jaillies de l'enfer. Pardonne mon outre-cuistance, mais j'ai emprunté cette phrase magnifique au célèbre poète persan du troisième siècle avant de s'en servir : Iran Touskibouf. Ses odes à sa bien-aimée Helvaha Laplouze ont fait pleurer des générations d'éleveurs d'esturgeons. Il faut se souvenir que la belle finit par le tromper avec la princesse Elma Broutelku et qu'il se suicida en se jetant sur un pal depuis son tapis volant, un authentique Chirac à poils courts.

Et moi, je me jette à l'eau. La glaciation envahit instantanément mon corps. Mon derme se hérisse de picots. La chair de poule, en comparaison, c'est du velouté Liebig. Mes balloches, ordinairement de la taille d'un couple de hamsters adultes, sont réduites à l'état de figues sèches. Mes muscles se crispent, se tétanisent, s'engourdissent. Si tu ne réagis pas, mon pote, tu vas te laisser gagner par la mort blanche, si douce... si suave...

Un choc au front me tire de ma léthargie. Je viens de heurter le pare-brise de la VW. Instantanément requinqué, je darde ma loupiote dans la caisse : la conductrice a disparu. L'envie de respirer m'interpelle quelque part et surtout du côté des poumons. C'est con, ce besoin qu'ont les z'humains d'avaler de l'oxygène, d'autant que cette denrée se raréfie ! Un jour, faudra qu'on se goinfre à l'ozone, à l'hélium, au fréon, au néon, au néant...

Une petite goulée d'air pur et je repique vers les profondeurs. Dans le halo de ma torche, je vois danser une cape rouge : la muleta du torero... de Tejero... du trou dans l'eau... La robe rouge ! C'est elle qui flotte devant moi... La femme blonde est accrochée à une branche, elle peine à résister au courant qui veut l'entraîner vers un rapide.

Ses cheveux, drainés par l'impétuosité des eaux, moussent et s'éparpillent autour de sa tête. On croirait une anémone de mer. Dans un effort qu'un auteur moins consciencieux qualifierait de prodigieux, mais que je décrirai modestement comme sublimissime, je m'enfonce dans les eaux glauques et tends ma main en direction de la sienne.

Nos paumes se frôlent. Dopée par ce contact, la fille tente de s'accrocher à mes doigts. Mais ça glisse, ça glycérine, ça mucilage ! Tu as déjà branlé une anguille ? Non ? Ça ne m'étonne pas, tu manques de fantaisie !

Incapable de s'agripper, la môme accroche un doigt à ma gourmette. Un instant, je pense que ce frêle bijou permettra la jonction. Hélas ! Il craque et la Blonde disparaît dans les profondeurs du torrent, emportant la chaînette.

Je voudrais te dire l'à quel point je tiens à cette pacotille offerte par Antoinette et dont les pendeloques représentent une délicieuse enfilade de kangourous dorés. Mais je n'ai pas le temps, car une souche vient me frapper la nuque.

Cette fois, je perds tu sais quoi ?

Connaissance !

Bien vu !

*
* *

Un goût d'ail et de vinasse m'arrache au coma. Je cauchemarde que Béru me roule une pelle monumentale. Un haut-le-cœur agite ma boîte à ragoût. Mes yeux papillotent. C'est bien une face rubiconde et couperosée que j'entrevois en très gros plan. Mon corps est animé d'un soubresaut compulsif.

– Dieu soye comme le poulet de Loué ! me brame le Gravos à bout portant. Tu reviens t'à toi ! Je craindais qu'tu fusses canné pour d'bon !

– Que s'est-il passé ? ânonné-je.

– Sans un touriste z'hollandais qui nage plus mieux la brasse qu'un papillon, t'allais sombrer z'à pic ! N'ensute, je t'ai prodigué la répétition feu d'artificielle.

– La femme blonde ? m'inquiété-je.

– Perdue cors et brame !

– Marie-Marie !

C'est sorti de ma gorge comme un sanglot.

– Où ça, Marie-Marie ? T'as des vésubies, maintenant ? J't'ai pas assez fait d'bouche-à-bouche ?

– Si, hurlé-je, si ! De ce côté-là, ça va ! Mais,

maintenant que la blonde est morte, la piste est coupée...

L'Important se rengoitre de suffisance.

– Sans compter sur le sens de l'observance de ton Béru, Tonio, jubilent ses lèvres luisantes de graillon.

– Tu as une idée ?

– Mieux qu'ça ! Des lettres et des chiffres ! Ceux d'la plaque d'immenculation d'la VW.

– Tu as relevé le numéro ? m'extasié-je.

– Dans ma tronche, oui, mais pas tout. J'me souviens de MA, comme « Marie-Marie »...

– Ou Malaga ?

– Possib'. Et pis deux fois 69, ça s'oublie pas. Avec ça, on d'vrait s'en sortir, non ?

– Tu es un chef !

On ouït dans le lointain une sirène de police.

– Si on se cassait avant l'arrivée des perdreaux ? suggère mon réanimateur.

– Pas bête, dis-je en me relevant avec difficulté. D'autant que ta Baleine nous espère quelque part.

Le Mastard m'entraîne jusqu'à la Toyauterie de sa conquête.

– Dis-moi, Béru, questionné-je. Qu'est-ce que tu manges pour avoir une haleine aussi fétide ?

– C'est pas c'que je mange, Tonio, c'est c'que je pète et qui sort pas !

*
* *

On croise trois bagnoles de matuches, deux de pompiers, suivies d'une ambulance et d'un camion-grue. Il ne font pas les choses à moitié, les Ibères, en matière de secours. C'est le signe qu'ils sont entrés de plein fouet dans la civilisation moderne où la technologie est au service de l'émotionnel. Dans les fins fonds de l'Afrique, un être qui disparaît, c'est un trou à creuser dans la terre sèche et une bouche de moins à nourrir. Le monde est comme les V.T.T. : à multiples vitesses.

Cette ruée vers ce que les baveux de demain ne manqueront pas de qualifier de « lieu du drame » arrange nos bidons, car nul ne se préoccupe de nous. Au volant de la Niponouillasse, Béru se prélasse dans son jogging rose.

– Tu vois, San-A, la meilleure façon d'maigrir, c'est d'porter des fringues trop grandes ou estensib' ! Si j'te dirais qu'ça fait des payes que j'grimpe plus sur la balance, d'abord pour la ménager, vu qu'elle date d'Robert Duval, n'et surtout qu'j'm'en tamponne les siamoises de c'qu'elle peut m'raconter.

Pour illustrer ses dires, il libère une borborygmoflatulence dont Saddam Hussein achèterait volontiers la formule pour équiper ses ogives bactériochimiques.

– D'toute façon, poursuit-il, j'ai jamais perdu un gramme de toute ma vie, sauf la fois de ma gastro-en-terrine dont tu t'souviens peut-être, et ma moquette plus encore davantage. Ma pauvre Berthe, elle, a's'pèse, mais sans illusions. Comme dit c'brave Félisque qu'est un philosophe de l'esprit : c'est quand on n'attend rien qu'on est le moins déçu.

Béru se tait. Je redoute que son sphincter

austral prenne à son tour la parole. Mais ça ne vient pas. Le Gravos admire le paysage de vallons boisés qui se dessine dans un petit jour radieux. Il ralentit, se range sur le bas-côté et stoppe la Boyauta.

– C'est là ! murmure le Mastard, en transe.

– Là quoi ?

Il me montre un immense portail déglingué prolongé par une interminable clôture de fer barbelé.

– Le campinge où j'm'ai arrêté hier soir.

Je quitte la caisse et observe l'espace désigné. Des centaines de roulottes sont parquées sous des pins. Des chiens et des enfants gambadent déjà sous les frondaisons.

– Mais... Ce n'est pas un camping, m'exclamé-je, c'est un campement de gitans !

– C'est pourtant vrai, convient l'Immonde. Avec la nuit et ma beurranche, j'ai pas fait gaffe !

Nous approchons de l'enclos. Une douzaine de chiens, dont quelques pittbulls et rottweilers, se précipitent à notre rencontre, les crocs sortis. Les fils d'acier étant plutôt lâches, nous le devenons aussi et nous rabattons à tout berzingue vers la bagnole.

– Tu crois que ma petite femme est là-ga ? questionne Bérurier, ému aux larmes.

– La petite, je ne sais pas, mais la grosse, sûrement.

A.B.B. frictionne sa barbe plus hirsute qu'une famille d'oursins nourrie aux bogues de châtaignes.

– Bon ! J'comprends qu'ces nomades ayent pris mon arrivée pour une violation de domicile fixe et qu'ils m'eussent expulsé anus militari. C'que j'conçoive mal, c'est qu'ma Baleine n'aye pas subite l'même sortilège ?

La réponse irradie mon génial cerveau.

– Parce qu'elle cuvait dans la roulotte et qu'ils ne l'ont pas vue. Ils ont cru que tu étais seul.

– Ça se tient, convient Béru. Alors, on fait quoi t'est-ce ? On donne l'assaut ?

– Pour se faire tailler en pièces par les molosses ? objecté-je. Non ! J'ai une meilleure idée : Jules Reinhardt !

– L'écrivain ? m'étonne-t-il.

– Je n'imaginais pas que tu avais déjà entendu

parler de Jules Renard, Alexandre. Mais sais-tu que celui-là est mort ?

Béru écrase un pleur :

– Ça va faire d'la peine à Marie-Marie. Elle adorait son roman.

– Lequel ?

– Ben... l'roman d'Renart. Il en a écrit qu'un, à ce que je chasse ?

Je prends le temps d'expliquer à l'Innommable que le Jules Reinhardt dont je lui cause est l'actuel roi des Tsiganes et qu'il pioge dans les environs de Melun. C'est un mec vachement réglo, avec une belle gueule sculptée dans une olive et des sanglots de guitare plein la voix. On se respecte depuis que j'ai tiré l'un de ses fils d'une sale affaire de bagnoles maquillées en échange du blaze d'un sadique particulièrement vomitif.

Béru admet que l'entremise de ce caïd pourrait nous être utile. Je reprends les manettes de la Tortilla et nous rejoignons Torremolinos.

Bâtiment G, escalier 7, 21e étage : la porte de l'appartement est entrouverte. Celle de la chambre aussi. Chiquita nous y attend sur le plumard, les jambes toujours écartées sur sa Forêt-Noire, avec cerise confite au milieu.

Pour faire genre, elle s'est laissé planter une banderille sous le sein gauche, juste à la place du cœur. Comme un p'tit coquelicot, mon âme.

*
* *

En fait de coquelicot, le drap est devenu un vrai champ de pavots. La danseuse de flamenco s'est vidée jusqu'à la dernière goutte et son raisiné, crois-moi, n'incite pas au boudin.

– Clara ? hurlé-je soudain.

– La p'tite môme ? Tu croives qu'on l'a zigouillée z'aussi ?

Béru m'aide à inspecter le gourbi de Chiquita. On lorgne sous le plumard, le canapé, les fauteuils, la table. On fouille dans l'armoire, les placards, les chiottes et la cuisine. Macache ! Est-ce un soulagement d'imaginer que l'assassin a embarqué la Philippine ? Béru pense que oui.

– Autrement, sinon, il l'aurait positivement butée sur place !

– A moins qu'on ne l'ait enlevée pour la questionner, la torturer...

– Faut toujours qu' tu soyes pessimisse, Tonio !

– Tu as raison, on nage dans le bonheur en ce moment !

Quelques coups discrètement frappés mettent fin à notre débutante algarade. Le flingouze de Tejero fleurit dans ma pogne comme un bouquet de mariée.

Le Mastard attrape un plat à paella, seule arme à sa portée, et nous voilà prêts à soutenir un siège.

Nouveau toc-toc, plus énergique. Cette fois, on le localise. Il provient de la machine à laver. Le minois de Clara s'inscrit dans le hublot. Je m'agenouille, ouvre le portillon et aide la gamine à s'extraire d'un tas de linges multicolores et multiodores. Elle se redresse, se tortille la colonne pour se désengourdir et se jette dans mes bras.

– Que s'est-il passé ? soufflé-je en caressant sa

tignasse de jais. (Un cliché de-ci de-là ne messied jamais à la perspective académicienne.)

– Sitôt que vous êtes partis, pleurniche Clara, Chiquita est venue dans mon lit. Elle était encore toute mouillée du Gros Sac...

Elle désigne Béru qui fronce les sourcils, car il ne comprend pas l'espagnol, rappelle-toi.

– Elle cause de moi ?

– Exact. Elle dit que tu es un mec formidable. Continue, ma puce.

– Elle m'a demandé de la finir. Alors je lui ai fait une minette de base. Le prix d'attaque, chez Tejero. Après, comme elle avait le con salé, je suis allée à la cuisine boire un verre d'eau...

Clara éclate en sanglots.

– C'est... ce qui... m'a sauvé... la vie !

La suite, je vais te la faire compendieuse, pour employer un mot que tu connais mal. Deux mecs sont entrés, ils s'en sont pris à la pauvre flamencante, l'ont questionnée, tabassée. Clara a eu l'idée de se planquer dans la machine à laver, de claquer le battant et de se cacher derrière des frusques en attente de dessuintage intensif.

Elle a entendu Chiquita jurer qu'elle ne savait

rien, qu'on ne lui avait fait aucune confidence, puis il y a eu un cri bref, suivi d'un râle interminable. Les deux hommes se sont ensuite mis à la recherche de la fillette et, comme nous, ne l'ont pas découverte. « C'est pas grave, a dit l'un d'eux, je vais mettre mes hommes sur sa piste. Elle n'ira pas loin. » Ils ont alors discuté quelques instants sur l'opportunité d'éliminer ma pomme. « Surtout pas, a répliqué le même type ; Vincenta le surveille. Si on flingue un flic français aussi important, ça va faire des vagues et ça risque de gêner l'opération. Il ne bougera pas tant que sa femme sera dans nos mains. Je vais le contrôler. Dans une semaine, tout sera terminé, il ne sera pas plus dangereux qu'un veau mort-né. »

Ce que je retiens de ces déclarations, c'est le prénom de la femme blonde : Vincenta. Et le fait que dans une semaine, je ne pourrai plus nuire à cette équipe, puisque l'« opération » sera accomplie. Mais, surtout, l'idée que Marie-Marie n'est pas en danger immédiat. Une corolle de bonheur s'épanouit dans la rose de mon cœur pour se faner aussitôt dans l'obscurité de mon âme, ainsi que l'écrivait avec tant de subtilité

Géraldine Landoffé (1952-1837) dans son œuvre majeure, *Pan-pan dans la tulipe*. Rappelons que cette poétesse ne fut jamais élue à l'Académie française parce qu'elle était femelle, certes, et qu'elle avait eu le culot de connaître le succès. Ne jamais oublier que pour faire un bon académicien, il faut si possible ne pas avoir écrit, si l'on a écrit, ne pas avoir été publié, et si l'on a été publié, ne pas avoir été lu.

Ma bouffée de joie spontanée s'essouffle vite face à cette question : que feront les geôliers de Marie-Marie sitôt leur mission terminée ? « Salut, madame, à la prochaine » ? Non ! Ils ne prendront jamais le risque de libérer un otage adulte.

Moralité ? Je dois tirer ma Musaraigne de leurs serres avant la fin de cette mystérieuse « opération » !

– Tu n'as rien oublié, Clara ? demandé-je à la mignonne.

– Non. Mais j'ai pas tout compris.

– Comment ça ?

– Les tueurs ne parlaient pas toujours espagnol. Y'avait des mots que je pigeais pas.

– Tu as une idée de la langue ?

Clara secoue la tête.

– Pas du philippin ni de l'anglais... c'est tout ce que je peux dire.

– Et ces enfoire-men, tu les as vus ? Dans ton lave-linge, à travers les dentelles à Mme Chiquita, on peut apercevoir des choses ? Moi, j'voyais bien sa touffe ! intervient Sa Majesté Pommier.

La question me paraissant de bon aloi, je la traduis édulcorée à la mouflette qui aussitôt de-cheval (expression de Bérurier pour signifier qu'on opine).

– Y en a un, j'ai vu ses pieds. C'était lui le chef.

– Et l'autre, tu as maté sa tronche ?

De nouveau, Clara opine (hochet).

– Beau mec, mince, jeune et tout. Il était très nerveux. Y me semble que je l'ai déjà vu.

– Un de tes clients ? suggéré-je.

– Oh non ! J'ai toujours droit aux gros salauds dans le genre de ton copain.

– Elle cause encore de moi ? s'inquiète l'Abominable.

– Affirmatif ! Je crois que tu lui as tapé dans l'œil.

Je reviens à la mousmé.

– Où l'aurais-tu vu ? Au Puma Club ?

La fille hésite.

– Je crois pas ! J'y vais rarement. Non... son visage me rappelle un mec de la télé.

– Un présentateur, un acteur, un chanteur, un journaliste, un sportif ? la tarabusté-je.

Clara s'abîme dans ses pensées. La Jim-nique de ses neurones se lit sur son faciès de citron bridé.

– Non ! finit-elle par trancher. C'était pas à la télé. Mais je sais plus où !

– Croisé dans la rue, comme ça ?

– Peut-être.

L'Indescriptible s'étire et bâille en larguant une louise de pro du côlon.

– C'est pas tout ça, les enfants, mais il est sept plombes du mat' et, avec vos conneries, on n'a 'core pas roupillé. Pour c'qui m'concerne moi-même, j'sus t'un homme d'action, un genre de James Bond dans ton sens, mais tous les z'héros ont b'soin d'glisser la viande dans l'torchon n'a un moment ou l'autre. Et pour mégnace, c'est maintenant tout de suite.

J'évite de lui faire observer que nos conneries sont pour beaucoup le fruit des siennes, et admets le bien-fondu de sa Remarque (Erich Maria). Un peu de repos nous fera du bien, certes, mais où se l'accorder ? Pas ici, en présence du cadavre, tout de même ? Avec la poulaille qui risque de rappliquer à tout instant.

C'est Clara qui trouve la solution : chez Carmino, le voisin de la défunte ! Sitôt dit, sitôt fesse. On reboucle soigneusement le funérarium et déboulons un étage. On frappe à la porte. Quelques instants plus tard, une masse de bidoche grasse, molle et ruisselante nous ouvre. En avisant Béru, Carmino manque de défaillir.

– Mon bébé rose ! s'écrie-t-il en espagnol, car nul ne peut renier sa langue maternelle, surtout pas une reine pédoque. Je sortais de ma douche...

En guise de bienvenue, le Mastard lui fulgence le menton d'un crochet qui le parnasse recta. A peine a-t-il reprisé ses esprits qu'on lui explique le pourquoi et le comment de cette intrusion. Clara raconte l'ignoble assassinat de Chiquita et la nécessité de pioncer chez lui. De bon gré, Carmino met à notre disposition tous les matelas et draps de sa resserre.

Je tire le mien en travers de la porte d'entrée et m'allonge dessus avec la volupté que tu imagines si tu as suivi les folles trépidances de cette journée ibérique.

Ne négligeant jamais mon devoir, je dégage mon bigophone portable et sonne sans succès mon Antoine de fils. Sa java s'éternise. Mais comment le lui reprocher, moi qui tant de fois, pour cause de fourrette aiguë, ai renié mon empire ?

Second coup de turlu en direction de mon vieux Jules Reinhardt. Le manouche écoute mes propos avec la circonspection d'un rabbin à qui tu expliques que le mont du Temple doit devenir l'esplanade des Mosquées. Il ne connaît pas la colonie gitane de Malaga, mais il va se renseigner et me rappeler ultérieurement.

Missions accomplies, il ne me faut pas plus de huit secondes et trois dixièmes pour m'allonger sur mon grabat et basculer dans le coltard.

Un couinement porcin m'arrache aux nocturnes de chez Morphée.

– Oui, ma Berthe ! Pompe ! Pompe bien, ça va viendre ! Tiens ! Tiens ! Prends tout dans ta grotte à sperme ! Tu sens comme c'est chaud, comme ça coule ? Ahhhhhhh ! ! !

Réveillé en sursaut, j'ouvre un œil et constate que Carmino vient d'éponger Béru qui plane, béat, dans une semi-conscience. L'incident me semblant clos, je me réabandonne aux plumes de la nuit. Une espèce de sirop d'érable m'oint des sourcils jusqu'au rectum. Je sombre dans ce néant voluptueux qu'est le sommeil.

Je rêve que Marie-Marie vient d'entrer dans la pièce. Elle est nue avec pour tout bagage une lourde chaîne autour du ventre. Lucia, ou peut-être Clara, l'escorte. A moins que ce ne soit Antoinette... Une poupée danse sous mes yeux. Sa robe rouge de flamenco agite une muleta. Deux cornes se profilent à l'horizon, me foncent dessus, me percutent, me perforent...

Mon cri d'angoisse se confond avec l'explosion de la porte. Je suis blackboulé, entortillé dans mon drap-housse.

– ¡*Policía* ! hurle l'un des intrus en me braquant.

Tu ferais quoi, toi ?

Changer de chapitre !

Je n'y avais pas pensé.

6

Bronca

Un car entier de bourdilles débarque dans l'appartos. Ces fumelards nous matraquent la tronche et nous savatent le prose. Émoustillé par ce traitement, comme à son habitude, Carmino balance sa semence à tous vents. Il devrait se faire subventionner par la maison Larousse, ce vieux Sélénite ! L'un de ses tirs s'en va engluantir les galons du chef d'escouade.

Un instant, Béru a la velléité de se rebiffer. Je lui sémaphore de s'écraser. Humiliés dans leur machisme viscéral autant qu'endémique, les *guindillas* (flicards locaux) l'obligent à masquer sa trompe et à renfiler le survête rose.

Ces macaques perquisent le local de défonce en comble. Ils mettent au jour toute la collection de godes du proprio. Ça va de l'agace-cul à piles jusqu'au tabouret vibreur en forme d'obus de 75, en passant par le poing masseur en latex gore.

Deux détails me surprennent et me réjouissent. First, les poulardos ne dégottent pas ma veste, donc ni mes fafs, ni mon bigorneau portable, ni le calibre de Tejero. Où est passé mon somptueux blazer en toile de lin ?

Bonne question, je suis heureux que tu me l'aies posée.

Secundo, Clara a disparu. J'ai comme une vague idée de l'endroit où elle se planque, cette boîte à malice... Aïe ! Je viens de faire de l'optimisation précoce, car au moment où la troupe nous embarque, un policier se dirige vers la machine à laver. La volaille est plus finaude que la pègre sur cette Costa del Sol ! Le gusman ouvre le hublot, extrait les fringues équivoques de Carmino et constate que la bécane est vide...

Il est clarinette que la Philippine n'est plus at home. Comment a-t-elle pu s'esbigner alors que je pieutais devant la porte et que l'orgasme d'un morpion aphone suffit à m'éveiller en sursaut ?

Y aurait-il une autre issue que la lourde ? Les fenêtres, bien sûr, mais au vingtième étage...

En débarquant sur le palier, tarabusté par les machucambos à casquette, je pige le stratagème de Clara. Dans chaque appartement, les chiottes sont ventilées par une lucarne donnant sur les parties communes, afin que chacun puisse profiter du fumet de son voisin. Le fenestron de Carmino est grand ouvert et je suppute que la gamine s'est enfuie par cette voie, plagiant mon échappée du Puma Club.

Tu veux parier qu'elle m'a également chouré mon blazer ? Décidément, c'est une obsession, chez elle, les vestes d'homme. Ou plutôt leur contenu !

*
* *

Ceux qui ont tâté des prisons turques s'accordent à leur décerner les trois étoiles de l'incarcération sordide. Eh bien, brave nœud volant, je peux t'assurer qu'à l'autre bout de la

Merde étronnée (Béru dénomme ainsi la Grande Bleue), c'est pas le Ritz non plus. La taule a élu domicile dès les années trente dans un couvent de carmélites désaffecté, mais pas désinfecté. Notre geôle est une ancienne cellule de nonne. Plus monacale que ça, faut aller dans certains Club Med. Le mobilier se compose d'un bat-flanc (il faut toujours battre le flan pendant qu'il est chaud) et d'un vague lit de camp surajouté pour loger un second détenu.

Surajouter ! Tiens, voila un verbe qui me surmène. En fait, le préfixe « sur » me surchauffe les méninges. Il porte en lui un pléonasme latent prouvant à quel point les gestionnaires de notre langue sont des gâteux ou vont le devenir (sauf Machin, Bidule et Chose, mes vrais potes). Réfléchis un chouïa : surajouter, ça veut dire quoi ? Que non seulement on ajoute, mais en plus on ajoute ? Surabonder signifie donc qu'on a mieux que tout ? Surcontrer, qu'on est contre ceux qui sont contre ? Surentraîné, qu'on s'est goinfré d'E.P.O. ? Une suroffre, que Mme Darty taille une plume en sus ? Surexcité, que tu bandes mieux que d'habitude ? Ça, c'est possible, remarque. Tout dépend de la gonzesse (ou du mec, si tu es une lecteuse).

J'en étais où, déjà ? Ah oui, en cabane.

Je finis de te décrire la cellote. La porte de chêne massif est ajourée d'un guichet ouvrant de l'extérieur, par lequel on nous passe une fois par jour une assiettée d'un brouet glaireux égayé de quelques grains de riz. La fenêtre ne comporte ni barreaux ni volet, car elle est si étroite que la bitoune du Mastard peinerait à s'y insinuer. Elle donne sur un mur couleur de désespoir, mais nous permet cependant d'approximer le temps qui passe par l'alternance des jours et des nuits.

Selon mes savants calculs, puisque nous avons été enchristés dimanche matin, nous devons être mercredi en fin de journée. Nous croupissons ici, le Gravos et moi, depuis quatre jours, sans que quiconque ait daigné nous poser la moindre question. Pourtant, Carmino a regimbé, nous a soutenus, a plaidé en notre faveur. Il a même refusé, sans succès, qu'on le libère. Comme quoi on peut être un enculé de première et pas une lopette pour autant.

La lourde pivote en grinçant et Bérurier fait

son entrée, retour des toilettes. Ce menu plaisir nous est accordé deux fois par jour. Prostatiques et chiasseux, s'abstenir ! C'est également la seule occasion que nous ayons de nous hydrater en tirant la chasse d'eau pour recueillir la flotte dans les paumes de nos mains. Je ne voudrais pas te faire chialer, mais la déportation de Ben-Hur, en comparaison de notre galère, fut une aimable villégiature signée Pierre et Vacances.

Un maton ôte les menottes de mon pote et reclaque la porte derrière lui. Cinq ou six tours de clé scellent notre captivité. Le Mastard se laisse choir sur son grabat en soupirant force douze sur l'échelle de Richepanse.

– Putain ! rouscaille-t-il, les gogues, j'te raconte pas ! Quand j'sus t'entré, ça schlinguait tellement qu'j'ai cru que j'en sortais !

Un silence poisseux s'installe entre nous. Tu as remarqué comme le non-dit parle mieux que le verbiage ? Si tu balances à une gonzesse que ton goumi est plus volumineux que l'Obélix de Guy-Louxor, elle te prendra pour un vantard et te plantera secos dans ton calbute. Mais si tu te tais et darde ton zob dans ses mirettes, faudra une serpillière pour éponger derrière elle. La vie est ainsi fais-ce, mon ami, mon frère : l'économie de salive est le placement le plus sûr. D'ailleurs, pourquoi penses-tu que j'écris ?

Béru pète. Une petite louise maigrelette en rapport avec la pauvreté de ses repas. Presque aussitôt, un vieux rat brunasse et miteux claudique le long du mur et disparaît sous le bat-flanc.

– T'as vu ? se réjouit l'Ignoble. Gaspard rapplique sitôt que je louffe. Je l'ai pour ainsi dire dressé au nez et à l'œil. J'ai repéré son trou. Le prochain coup, j'bouche l'orifesse et j'le capture.

– Tu as l'intention de le produire dans un cirque ?

– Quelle idée ? J'veux simplement l'bouffer !

*
* *

Une nuit de plus s'est écoulée. Je suis resté allongé sur le dos, mains croisées sous la tête, les yeux ouverts dans le noir, à ressasser cette infernale affaire. Ma conclusion, après ces heures d'insomnie ? L'homme est encore plus con que je ne l'imaginais ! Le jour où j'ai écrit : « Si tous les cons volaient, il ferait nuit », et « Attention en traversant la vie, un con peut en cacher un autre », je minimisais la dangerosité du con. Et tu sais pourquoi ? Parce que je me croyais exempt des syndromes du con. Mais je porte en moi, comme tout un chacon, le redoutable gène de l'universelle connerie. La tare de l'humain, c'est l'orgueil, ce sentiment qui forge le duralumin de notre incommensurable balourdise. Aucun autre animal de la Création n'est prétentieux. Le lion ébouriffe sa crinière pour effrayer l'ennemi, et si le paon fait la roue, c'est pour séduire sa pintade. Tandis que l'homme veut le pouvoir et la reconnaissance par pure gloriole. Les bestiaux se battent par faim, par amour ou par peur. L'homme, lui, se fait tuer au nom de sa patrie ou de sa religion. Et on l'embaume, le médaille, l'encense, le panthéonne, le sanctifie en oubliant qu'il s'est sacrifié par défi, par surestime de sa personne, par sous-estime de la valeur sacrée de la vie. Sur la stèle de tous les héros, on devrait inscrire en lettres d'or :

MORT EN CON

Un exemple de ma vanité ? Lorsque Joselito, pendant la corrida, m'a demandé si j'étais bien le commissaire San-Antonio, si, inaccessible à la flatterie d'être reconnu, je lui avais répondu qu'il se trompait, Marie-Marie et moi serions à l'heure actuelle en train de remettre le couvert sur la terrasse du Puente Romano. Dans des fragrances de jasmin et non dans les flatulences pestides du Gravos.

Ça ne va d'ailleurs pas fort, de son côté. Figure-toi que ce goret majeur a réussi à attraper son rat. Seulement, le poilu s'est rebiffé et lui a mordu le doigt jusqu'au sang avant de se carapater par la fenêtre. Quelques plombes plus tard, Sa Majesté grelotte de fièvre, sa pogne ressemble à un gant de boxe et son bras à une courgette de concours agricole. Je m'apprête à rameuter la garde pour le faire transporter à l'hôpital lorsque la porte de notre cellule s'ouvre après les cliquetis d'usage.

Un type d'une quarantaine d'années, grand, brun, racé, vêtu d'un costume beige de bonne coupe et d'un polo Lacoste bleu ciel, investit notre palace. Il fait signe aux gardes-chiourme de relourder et de l'attendre dans le couloir.

– Bonjour, messieurs, fait-il en inclinant légèrement la tête, je suis le juge Paracétamol, en charge de l'instruction de votre dossier.

Je lui tends la main, il la serre de bon gré. Comme il cherche un endroit où déposer son pétrousquin, je lui désigne ma banquette.

– Désolé, mais le fauteuil Charles-Quint est en réfection chez l'ébéniste.

Il sourit, s'assied, croise les jambes et observe Béru qui râle en bavochant sur son menton.

– Votre compagnon ne me semble pas au mieux.

– Il a été mordu par un rat.

Le juge tord le nez.

– Je vais donner des ordres pour que vous soyez transférés dans une structure plus moderne où l'on pourra prodiguer des soins à M. Bé-ru-rier.

Il a lâché le nom du Gros en détachant bien les trois syllabes.

– Bravo ! ne puis-je m'empêcher d'exclamer. Nous n'avons aucuns papiers, personne ne nous a interrogés, et vous connaissez notre identité !

Piqué au vif, l'hidalgo se redresse et me toise avec une arrogance tout ibérique.

– La police et la justice espagnoles valent les vôtres, monsieur le Commissaire. Certes, l'E.T.A. nous donne du fil à retordre, mais ne connaissez-vous pas aussi quelques déboires avec vos Corses ?

– Ne vous méprenez pas, monsieur le Juge, ma remarque n'était qu'admirative.

Rasséréné, Paracétamol me saisit l'épaule.

– Vous êtes un flic de haut vol, alors je ne vais pas vous raconter d'histoires, reprend-il. Nous n'avons pas eu grand mérite à vous identifier. Dans la nuit de samedi à dimanche, un homme a appelé la police de Malaga pour lui signaler qu'un commissaire français du nom de San-Antonio venait d'assassiner sauvagement Chiquita Millagros, une danseuse de flamenco, et qu'il se cachait avec son complice dans l'appartement du dessous. Il a fourni l'adresse, ce qui a permis votre arrestation quasi immédiate.

– Je présume que ce délateur est resté anonyme ?

– Bien entendu

– Un peu grossier comme manœuvre, non ? Car enfin...

Le juge me coupe la parole.

– Ce n'est pas tout. Le type a ajouté que vous étiez également le meurtrier de Joselito Ypukantybez, un banderillero, et de Pedro Tejero, maquereau notoire.

– Écoutez...

– Laissez-moi finir. Il a prétendu que vous aviez en outre kidnappé et séquestré deux jeunes filles mineures d'origine asiatique.

– Ça fait beaucoup pour un seul homme ! soupiré-je.

– Mais vous n'êtes pas seul, dit Paracétamol en regardant Béru.

Sollicité par cette muette contemplation, l'Énaurme largue une caisse qui emboucane illico l'exigu cachot. Cette fois, le gaspard ne montre pas le bout du museau. Étant passé à deux doigts d'une fin tragique en d'immondes entrailles, il ne quitte plus son repaire. Rat béruré craint le pet, dit le proverbe.

Le juge s'évente sans commentaire.

Je décide de jouer franc jeu avec lui, dans la mesure du raisonnable. Ça signifie naviguer à vue, prêcher le faux pour savoir le vrai, envoyer des ballons-sondes en évitant qu'ils ne me claquent à la gueule. Retiens ton haleine et apprécie le travail de l'équilibriste...

– Monsieur le Juge, je vais tenter d'être clair pour réfuter les accusations portées contre moi, déclaré-je avec la solanacée qui convient à toutes les patates.

– Je vous écoute, commissaire.

– Je voudrais savoir l'ordre chronologique des forfaits dont le mystérieux correspondant m'accuse.

– En premier, de l'assassinat du banderillero ! réplique dans la foulée le señor Paracétamol.

Est-il tombé dans mon panneau ou prépare-t-il une chausse-trappe que je n'ai pas flairée ?

Car enfin, dans ta tronche qui jouit à peine de la pensée courante, mesures-tu-t'il la portée de ma question ? Non ! Alors je m'en vais t'expliquer, c'est mon devoir d'auteur à la hauteur de sa réputation.

J'ai découvert le cadavre de Joselito samedi soir entre onze heures et minuit. Si tu as suivi mes péripatéticies dans leur intégralité, on s'est fait alpaguer chez la tarlouze au matin de dimanche. Je ne suis donc pas censé être au courant de cette mort-là. Pour bien suivre le débat, tu as intérêt à potasser tes leçons d'échecs.

– Je ne sais même pas de qui il s'agit ! avancé-je mon pion.

– Je vous l'ai dit : Joselito Ypukantybez.

– Désolé, mais...

– N'étiez-vous pas à la corrida de Puerto Banús, samedi dernier ?

Là, je sens qu'il faut lâcher du lest.

– En effet, mais...

– Ravi que vous l'admettiez, car nous avons trouvé les talons de vos billets dans votre appartement du Puente Romano.

Tu vois que j'ai eu raison de ne pas mentir en cette occasion.

– Joselito participait à cette corrida, poursuit le juge.

Je fais mine de réfléchir.

– J'ai remarqué un banderillero particulièrement doué, mais...

– C'était lui !

La manie qu'a Paracétamol de couper la parole est déstabilisante, mais je suis certain qu'il se déstabilise aussi. Surtout face à un mec de ma trempe. (Quoi, mes chevilles ? Qu'est-ce qu'elles ont, mes chevilles ?)

– Et il est mort ? niaisé-je.

– Épinglé par une banderille !

Une fausse gaffe s'impose à mon brillant esprit :

– Comme Chiquita ?

– Vous reconnaissez donc avoir vu le cadavre de cette femme ? jubile le juge.

– Absolument.

– Alors, parlons-en. Comment...

A moi de lui trancher le crachoir :

– Non ! Dans l'ordre chronologique, vous ai-je dit.

– Alors, venons-en à Pedro Tejero. Nous avons enquêté au Puma Club. C'est d'ailleurs là que nous avons appris l'identité de votre collègue.

– Comment ça ?

– La fille du vestiaire note tous les appels téléphoniques. Un certain Bérurier avait demandé un certain San-Antonio...

Un petit coup de lèche ne peut nuire dans ma situation.

– J'apprécie la rigueur de votre enquête.

– Venant de vous, ce compliment m'honore, monsieur le directeur adjoint de la police française.

Force m'est de relever la qualité des investigations de mon interlocuteur, comme l'écrivait récemment un Goncourt qui aspirait à changer d'académie.

– Vous savez tout de moi, señor Paracétamol. Jusqu'à la couleur de mon slip ?

– Vous n'en portez pas.

Là, il m'épate, l'Espingouin ! Comment sait-il

que je ne mets plus de calbute depuis que j'ai constaté qu'on bandait plus vite, libre dans son pantalon ? Et que les bonnes tringleuses remarquaient immédiatement ce détail ?

– M'auriez-vous tripoté pendant mon sommeil ? hypothésé-je.

– Mon hétérosexualité primaire me privera toujours de ce genre de délices, réplique le magistrat. En vérité, nous avons inspecté votre nid d'amour de Marbella et découvert des indices. Par exemple, un grand nombre de culottes et de strings affriolants, mais rien de masculin.

– Vous allez me demander qui était ma compagne ?

– Que feriez-vous à ma place ?

– Je poserais la question. Mais je ne croirais pas un instant la réponse.

– On est bien d'accord.

Les yeux dans les yeux, je lui balance :

– Une fille de rencontre. Vous savez, avec mon charme, rien ne me résiste.

(*Bis repetita* : « Quoi, mes ch'villes ? Qu'est-ce qu'elles ont, mes ch'villes ? » sur l'air de : « Quoi, ma gueule... » Ne me dis pas que tu n'as jamais vu le film d'Alain Resnais, *On connaît la chanson*, tu me ferais de la peine.)

Que je t'explique maintenant les raisins de ce mensonge. (Non, ce n'est pas une faute de frappe, correcteur, les raisins étant les fruits de la colère, donc de ma déraison !) Bref, si j'ai le malheur de dire que Marie-Marie a été enlevée, le juge va lancer toute la flicaille à sa recherche. Cela peut inciter les kidnappeurs à l'éliminer.

– Et cette jeune femme, insiste Paracétamol, qu'est-elle devenue ?

– Les amours, ça va, ça vient... Elle a dû rentrer chez elle... ou chez un autre.

– En abandonnant ses culottes ?

– Il y en a même qui abandonnent leurs enfants !

– Parlez-moi de Pedro Tejero, enchaîne le juge en esquissant un sourire.

– Une ordure.

– Je n'en disconviens pas. Celui qui lui a fait exploser la tête mériterait une médaille.

– Vous n'aurez pas l'occasion de me décorer, monsieur Paracétamol. Pedro a été abattu sous mes yeux, et ses tueurs m'ont également pris pour cible. Je ne dois ma survie qu'à un plongeon dans une piscine.

El Juez, comme on dit dans le patelin, me fixe ardemment.

– Qui était visé ? Lui ou vous ?

Je n'hésite pas une seconde :

– Lui. Sinon, le tireur aurait commencé par moi.

Satisfait de ma réponse, *el magistrado* (je distille quelques mots couleur locale pour te rappeler qu'on est en Espagne, à toi, si volatil de la pensarde). Le magistrat, donc, pousse son avantage :

– Vous le connaissiez depuis longtemps, Tejero ?

– Quand il est mort, notre inimitié durait depuis moins d'un quart d'heure.

– Soyez plus précis. Racontez-moi les circonstances de votre rencontre.

Vite fait sur le gaz, je lui résume la libération de Lucia, puis celle de Clara.

– Je ne les ai pas kidnappées, ces deux

gamines, je les ai libérées du joug d'un ignoble proxénète.

– Et où sont-elles maintenant ?

– Enfuies. Dont l'une avec ma veste. Vous savez aussi bien que moi, monsieur le Juge, que la vertu est rarement récompensée. Ces petites Philippines ne font confiance à personne, pas même à leur sauveur.

– Disons leur sauveteur. En agissant à votre guise, sans prévenir les autorités officielles, vous avez pris un risque énorme.

– Qu'auriez-vous fait en entendant cette fillette de douze ans hurler de douleur ? Vous auriez appelé la police ? laissé le gros porc la sodomiser ? Moi, je suis un flic sans frontières, j'accomplis mon boulot ici, là ou ailleurs.

– Imaginez que j'aille rendre la justice dans votre pays !

– Ça viendra ! affirmé-je. Avec l'Europe...

Paracétamol s'amollit :

– Admettons ! Vous avez agi avec une généreuse impétuosité, mais qu'est-ce qui vous empêchait d'aller ensuite au commissariat plutôt que de faire du grabuge au Puma Club ?

Le sol redevient marécageux et je dois chausser mes réponses de hautes cuissardes.

– Mon côté franc-tireur... Et puis, j'ai une réputation à tenir. Je me suis dit que ce serait sympa de livrer tout chaud l'assassin de Pedro Tejero à mes collègues de Marbella.

– Voyez où vous en êtes, maintenant ! relève le juge de ce ton d'aimable reproche du toubib quand il t'annonce qu'à force de picoler, tu as fini par choper la cirrhose du chef.

– Je reconnais que la situation n'est pas brillante, concédé-je avec humilité.

Paracétamol jette un œil à ses notes et feint d'y découvrir la question qu'il allait oublier de me poser.

Il affiche la mine sincère d'un conférencier roumain certifiant que les Ceausescu sont morts de la myxomatose. Ce petit futé essaie d'endormir ma méfiance ; seulement, même un fakir diplômé du Zobkistan Horizontal n'y parviendrait pas, tant est vive ma circonspection.

– Commissaire, la barmaid de la boîte de nuit prétend que vous l'avez interrogée au sujet d'une jeune femme blonde, vêtue de rouge et circulant dans une New Beetle blanche.

Je m'attendais à une daube de cet acabit. Le magistrat jubile derrière le masque rigide de la Loi. Il est en train de s'humidifier le calfouette, je devine : tu sais, la petite giclette avant-foutreuse... Supputant mon embarras, il pense être devenu le maître de mon destin. Mais il se goure, l'Espingouse ! On ne s'approprie jamais l'avenir des autres. Même si tu butes un mec, tu n'auras été qu'un misérable outil de sa propre destinée.

« Ton sort t'appartient, mon pote, fais-en bon usage ! » m'harangué-je dans l'apartheid de ma Ford intérieure.

– En effet, monsieur le Juge, lors de la fusillade qui a coûté la vie à Tejero, il m'a semblé que le tireur était une tireuse, si vous me pardonnez l'expression. J'ai distingué une chevelure blonde et un tailleur rouge.

Paracétamol hoche la tête, sourire aux commissures.

– Fort bien, commissaire. Dans ce cas, comment avez-vous su qu'elle possédait une

Volkswagen décapotable, puisque vous barbotiez dans la piscine ?

– Je n'étais pas là pour le record du dix mille mètres nage libre, señor. Je suis ressorti de la flotte au plus vite et j'ai gagné l'allée centrale de la résidence. C'est alors que j'ai vu la femme s'enfuir à bord de ce véhicule.

– Tout ça est cohérent, reconnaît le juge.

Il marque un temps avant de poursuivre :

– Et cette fille, vous ne l'avez pas revue ?

Là, je le sens venir gros comme les burnes de David Douillet.

– Bien sûr que si ! m'empressé-je. Plus tard dans la nuit, alors que je roulais en compagnie de mon collaborateur, la Coccinelle a surgi dans notre dos à grande vitesse. La conductrice a tenté de nous envoyer dans le ravin, mais elle a raté sa manœuvre et c'est elle qui a culbuté. J'ai plongé dans le torrent pour essayer de la sauver. Hélas ! elle avait été emportée par le courant. Il y a des témoins...

– Je sais, soupire le juge, réalisant qu'il l'a dans le fouinozof. On a repêché le corps de la fille en aval, quelques heures plus tard.

J'accueille la nouvelle avec une certaine tristesse car, au fond de mon âme, j'espérais encore que la Blonde avait pu s'en sortir. Dommage, j'aurais bien aimé avoir une explication d'homme à femme avec cette curieuse aventurière.

– On l'a identifiée ?

– Vincenta Lopez, la veuve d'Abhoul Lopez, un trafiquant hispano-marocain abattu il y a quelques mois lors d'un règlement de comptes. Elle avait repris les affaires de son mari.

– Le plus cocasse, c'est qu'en voulant nous éliminer, elle nous a fourni un alibi pour le meurtre de Chiquita, les deux événements ayant été concomitants.

– En effet. Un point reste cependant à éclaircir : que faisiez-vous chez cette danseuse de flamenco ?

Je regarde Alexandre-Benoît qui ronfle avec la discrétion d'une star du porno simulant un orgasme avec un phacochère.

– C'est mon ami Bérurier qui...

Oyant son nom, le Fébrile s'éveille tout d'une masse et s'assoit sur son matelas, bras ballants, l'œil mauvais.

– C'est toi qu'as fini la blanquette, Berthie ? grogne-t-il.

Je lui tapote les joues pour l'aider à reprendre pied dans la réalité. Il fait claquer sa langue avec tout son chargement de sanies.

– On soupait dans une auberge, moi z'et Berthe, récite-t-il, l'air hébété. Un estanco rupin avec des nappes en tissu, des bougeoirs à chandelles et d'la musique fine. Emmoustillée par l'atmosphère d'ambiance, ma Grosse m'a réclamé une p'tite gâterie su' l'mollusque. Ses désirs étant en désordre, j'sus passé sous la tab' pour ma tyrolienne baveuse. Durant qu' j'avais la tête entre ses jambons, elle taillait un calumet au maît' d'hôtel, c'dont j'apprécille à sa juste avaleur. Mais v'là-t-y pas qu'elle en profite pour becter ma porcif de blanquette, c'te vachasse ?

– Ce n'était qu'un cauchemar, mon Béru ! En vérité, la vie est belle, on est toujours en taule, et M. le juge d'instruction, ici présent, souhaiterait t'interroger.

Tout en jaspinant pour ne rien dire (ne pas confondre avec son synonyme jospiner), je lui intime d'un regard lance-flammes l'ordre de ne pas ouvrir sa bouche d'égout et de me laisser déconner en ses lieux et palaces. Seulement, va transmettre un message à un Béru de 40° quand ces degrés appartiennent à Celsius et non à Gay-Lussac !

L'Immonde se jette sur ses cuissots, attrape Paracétamol par le colback et entreprend de l'étrangler entre ses formidables pattes d'ours.

– C'est lui, l'juge d'introduction qui nous a fait incarcinérer ? Lui qui m'prive de jaffe l'à tel point qu' j'en sus rendu à grignoter des rats en amuse-gueule ? Lui qui m'empêche d'retrouver ma Baleine que je sus sans nouvelles d'elle et qu'mes érections s'perdent dans l'vide sanitaire ? Pourri ! Ordure !...

Mon interposition serait vaine sans un crochet majeur expédié à la pointe de son menton. Béru titube, deux pas en arrière, un pas en avant, pile sur mon uppercut. Il s'effondre avec la majestueuse lenteur d'un immeuble implosé dans un quartier en réfection.

Il pulvérise son grabat et reste inerte au sol, dans les décombres, bras en croix.

Très digne, Paracétamol se rajuste, se défroisse.

– Cet individu est en proie au délire.

– La température en est cause, monsieur le Juge.

– Dans moins d'une heure, vous serez à la centrale de Cuyambar. Ce dispensaire est le plus performant d'Andalousie. On va soigner votre ami.

– Merci.

Nous nous observons un instant, l'âme dans l'âme. Et alors, tu sais quoi ? La petite sonnette qui tintinnabule parfois dans mon subconscient grelotte tout à trac et m'avertit d'un truc bizarre. Je ressens comme un frisson le long de ma moelle pépinière. C'est confus, diffus, ça me raconte que Paracétamol n'est pas l'homme que je crois. Je tente d'approfondir cet étrange sentiment, mais la magie s'estompe, se dilue, s'évapore.

– Monsieur le Juge, m'entendé-je proférer sans que ma pensée ait dicté mes paroles, nous ne sommes pas des ennemis...

– Un juge n'a jamais d'ennemis ! se rebiffe-t-il. Un juge cherche la vérité.

Je m'enfourne dans la brèche.

– La vérité, c'est que nous sommes innocents, et vous le savez, n'est-ce pas ?

– J'en suis convaincu.

– Quel est votre prénom ?

– Hernani ! répond-il, vaguement décontenancé. Mon père était un hugolâtre.

– Alors, Hernani, je vous en conjure, laissez-nous sortir !

Le juge acquiesce.

– Mon intention est bien de demander votre libération conditionnelle au procureur.

– Quand serons-nous libres ? insisté-je.

Paracétamol réfléchit, les yeux mi-clos.

– On est jeudi... transmission vendredi... Lundi au plus tard.

J'accuse le coup mais n'en laisse rien paraître.

Hernani me serre la main, réclame l'ouverture de la porte et s'évacue dans les profondeurs de la prison.

A peine a-t-il quitté la cellule que mon à-plat-ventre de Béru lève un cil. Je lui souris. Il éclate de rire et se relève. Nous nous claquons les paumes à la manière des rappeurs.

– Putain ! On l'a bien roulé, c't'emmanché !

J'ai tout d'sute comprivu qu'tu voulais pas qu'notre interrogation s'éternisasse. N'empêche qu't'as rien perdu d'ton punch du gauche, ma salope !

– Excuse-moi, mais je n'étais pas certain que tu avais pigé.

– Même malade comme un hippopotame, un Béru c'est un Béru. Ça réagit aux trois quarts de tour. Pourtant, t'as vu l'enflure d'mon bras ? Ce ragondin, pour m'infester pareillement, il avait dû bouffer ma merde au prélavable !

Ma bouille racornie lui rabougrit l'enthousiasme.

– Fais pas c'te gueule ! On va sortir lundi, qu'il a dit !

– Trop tard.

– Comment ça, trop tard ? Il est jamais trop tard pour être libre !

– Parfois si !

Ma lugubrance lui impose le mutisme. Il m'écoute avec la concentration d'un aveugle déchiffrant une partition de Beethoven.

– Les kidnappeurs de Marie-Marie ont dit

que leur opération serait achevée dans une semaine.

– Et alors ? Une semaine, ça fait huit jours, on a le temps !

– Réfléchis, Gravos ! Ils ont dit ça dans la nuit de samedi à dimanche dernier ! On est jeudi. Lundi, la date fatidique sera donc expirée. C'est la fièvre qui te met de l'étoupe dans le cervelet ?

Béru éponge son front emperlé de sueur.

– T'as raison. Ça doit z'être la fève.

Moi, je serais lecteur, à ce stade-là de l'histoire je ne pourrais plus dormir avant d'en savoir le fin mot.

Alors, viens faire un tour dans le chapitre suivant, tu n'auras jamais vécu séquences aussi déjantées !

7

Feria

Les yeux et les couilles ne sont-ils pas les deux pôles de l'évolution masculine ?

Cette pensée cocasse obsède mon cerveau que je sens flotter dans les eaux troubles de la somnolence. Pourquoi les yeux, pourquoi les couilles ? te demandes-tu-t-il et me demandé-je-tu ? La réponse est aussi vaselineuse que la question : l'œil est le seul organe à posséder sa taille définitive dès la naissance, alors que les couilles, on te les gonfle jusqu'à ton dernier soupir.

Un gloussement balladurien dindonne au fond de ma gorge. J'adore m'éveiller sur une loufoquerie.

Fini, le bercement des amortisseurs. Juste le zonzon du moteur tournant au ralenti me rappelle notre situation. Nous roulons à bord d'une ambulance blindée de la police andalouse. Béru est allongé sur une civière. Un goutte-à-goutte lui distille un cocktail antibiotique-glucose-sérum physiologique dans le pouls, le petit veinard.

Mécolle, c'est aux poucettes que j'ai droit, un vieux cabriolet assurant mon poignet à une solide barre de métal.

Le compartiment « médicalisé » du véhicule est séparé du poste pilote par une grille balèze costaud, genre que les conchasseurs installent dans le coffiot de leur combreak pour que leur conchien ne bouffe pas le conskaï de leur combanquette.

A l'avant, deux flicards débraillés fument des clopes papier maïs en évoquant la victoire footballistique du Betis de Séville contre celles de Cambrai. La routina, quoi !

Soudain, comme frappé par un électrochoc dans les miches, Alexandre-le-Cathéterisé pousse une formidable beuglante.

– Les éléphants, Tonio ! T'as vu les éléphants ?

De ma main libre, je lui essuie les tempes.

– Des éléphants, insiste-t-il, les gobilles (urbi et exor)bitées, c'est normal, par ici ?

– Bien sûr, le rassuré-je. Ces animaux-là apparaissent sitôt que la température dépasse les quarante degrés à l'ombre. A l'ombre d'un rectum, surtout. Et ce climat sévit présentement dans tes entrailles, mon bien-aimé Gravos.

– Ah bon ! Et la girafe ? Le zèbre ? L'orang-dégoûtant ?

– Tous des régionaux de l'étape ! Pas de souci, dors, Béru, dors...

Un concert de klaxons mêlé à un concerto de joyeuses trompettes me tire de ma léthargie. Je me redresse et balance un look par la fenêtre de l'ambulance. Ma salive se transforme en glaviot de pétuneur et vient bloquer ma glotte. Ils sont venus, ils sont tous là : éléphants, girafe, zèbre et orang-outan ! Delirium béruréen matérialisé en plein cœur de Malaga !

Je pige alors la raison de la lenteur de notre progression. Nous sommes englués dans un embouteillage provoqué par la parade d'un cirque. Au milieu des bestiaux qui déambulent dans l'artère principale de la ville, des clowns, des jongleurs, des équilibristes et des écuyères (à Pau) donnent un aperçu de leur art et rameutent la foule pour la représentation exceptionnelle de ce soir.

Zingaro Zircus ! C'est écrit en lettres rouges sur toutes les caravanes. Tout près de nous, une roulotte-cage trimballe des fauves magnifiques ; un lion, deux tigres et trois panthères. Passablement irrités par le tumulte, les félins grognent de rage et mordent leurs barreaux, la bave furibonde.

– Tu vas y aller, ce soir ? demande le chauffeur de notre ambulance cellulaire à son collègue.

– Y aller avec qui ? rétorque ce dernier. Avec ma fille ? Elle ne m'adresse plus la parole depuis que ma femme m'a quittée.

– J'sais pas, moi... On peut y aller tout seul, au cirque, pour retrouver son enfance.

– Mon enfance ? Tu parles d'un cadeau ! Mon père dérouillait ma mère tous les soirs. Elle a fini par se suicider. Et mon vieux, à force d'investir sur la couperose, a récolté une cirrhose... Bien fait pour sa gueule et pour son foie !

Le conducteur juge opportun de museler son piège à gaffes. Il rallume l'une de ses limaces fumigènes lorsque l'incident se produit. Une camionnette brinquebalante déboule à grande vitesse d'une ruelle en pente. Les freins ont dû lâcher, car le véhicule n'amorce pas le moindre ralentissement et se met à zigzaguer. Il évite deux ou trois voitures, dont la nôtre, ce qui déclenche les vitupérations de notre chauffeur.

– Non, mais t'as vu ce pédé !

– Qu'est-ce que t'as contre les pédés ? grommelle son compagnon. Mon frère fait le nu intégral dans une boîte de Séville.

– Écoute, toi et ta famille de tarés, vous commencez à me les...

Il n'achève pas sa phrase car la guimbarde folle vient de percuter l'arrière de la carriole des fauves. Sous le choc, les grilles s'ouvrent en grand, offrant une liberté impromptue aux six carnassiers.

Je ne sais pas si tu as bien étudié la psychologie des félidés ? Moi qui ai eu l'occasion, au cours de ma carrière, de fréquenter des dompteurs (tu te souviens sûrement d'*En peignant la girafe*), je connais la différence de comportement des fauves. Mais, pour la première fois de ma vie, je peux l'évaluer *in situ*. C'est encore mieux que sur Arte !

Affolées hors de leur univers quotidien, les panthères se sauvent et se dispersent, semant la panique sur leur passage. Elles n'attaqueront personne et choisiront toujours la fuite. Le plus crevard des yorkshires les terrorisera d'un simple jappement. Plus tard, dissimulées dans les bosquets d'un square, taraudées par la faim, il ne fera pas bon se promener sous leurs babines. Mais, d'ici là, l'homme casqué, prédateur universel, ne les aura-t-il pas exterminées ?

Les deux tigres, eux, ne se séparent pas. Ils repoussent l'ennemi en râlant, feulant, rauquant. Les gens se tassent à l'intérieur de leur bagnole, les piétons défèquent dans leur froc. Malheur à celui qui choisira la poudre d'escampette, car le tigre charge toujours sa proie quand elle a le dos tourné.

Quant au lion d'allure placide, il se baguenaude, débonnaire, se contentant d'un rugissement métro-goldwynien juste pour marquer son territoire. Mais attention ! Il est courageux, sûr de sa force et de son droit. Lui, il attaquera de front et son coup de patte mutin peut décalquer une tête en un éclair.

Sur le moment, j'ai cru que ce remake de *Nos amies les bêtes* était fortuitement dû à un banal accident de la circulance. L'équivoque ne dure guère. Deux zigues affublés de casques intégraux jaillissent de la vieille camionnette. Armés de fusils à pompe, ils rappliquent de part et d'autre de notre ambulance.

– Merde, on nous braque ! s'exclame le conducteur.

– De toute façon, j'ai jamais eu de pot, soupire son collègue en levant les bras.

En moins de temps qu'il n'en faut pour l'écrire – et tu sais l'à quel point je fulgure sur un clavier ! – nos mentors sont extirpés, éjectés, assommés, remplacés par les deux hommes masqués.

L'ambulance s'extrait de l'embouteillage façon

auto-tamponneuse. Bonjour le chamboule-tout ! Gardez-vous d'une aile à droite, mon père ! Et d'un pare-chocs à gauche, messire !

Terrifiée par la gent carnivore, la foule croit que la trouille légitime notre fuite. Deux ou trois lieues Plutard (futur de Pluto et cousin de Mickey), l'ambulance est engloutie à l'intérieur d'un semi-remorque, lequel prend gentiment le chemin de la montagne.

Fortement bourlingué, Béru esquisse un dégueulis très vite rembouché.

– C'est quoi, ce bordel ? pataugе-t-il de la menteuse.

– Un safari, mon gros. En notre honneur...

*
* *

Dans mon enfance, le jour de campo des mouflets, c'était le jeudi, manière approximative de partager une semaine qui courait du lundi au samedi inclus ; puis on s'est aperçu que le sabbat faisait parti du véquende, alors le mercredi s'est retrouvé au centre. Et il va y rester, car vendredi et lundi sont bien trop proches de samedi et dimanche pour demeurer longtemps ouvrables. Jusqu'au jour où ça deviendra chiant de bosser le mardi et le jeudi. Ce pauvre mercredi, fidèle à sa consécration à Mercure, dieu du Commerce, sera le dernier et le seul jour d'activité humaine. Ce sera le bonheur ! Les usines ne détruiront la couche d'ozone et les centrales nucléaires ne nous tchernobyliseront qu'une fois par semaine. Les ouvriers feront la queue pendant trois jours et dormiront dans leurs caddies en attendant l'ouverture hebdomadaire de Conforama. Les paysans ne trairont plus leurs vaches folles qu'un jour sur sept, ou un pis tous les deux jours pour ceux qui aménageront leur temps de travail.

Les fonctionnaires prépareront tranquillement leurs banderoles pour la grève du mercredi. Et votre San-A préféré laissera filer les truands du jeudi au mardi tout en fourrant les polissonnes qui auront échappé à la surveillance de leur cocu. Tu verras, ça va finir commac, inéluctable ! Mais je n'arrive pas à gober qu'on se mette la queue en trompette pour réduire la durée hebdomadaire du travail et que dans le même temps on se casse l'oignon pour augmenter le nombre des années de boulot. Pourtant, quarante heures par semaine pendant quarante ans ou vingt heures pendant quatre-vingts piges, ça fait la même somme de taf au bout du compte, non ? Faudra que les technocrates m'expliquent, quand ils auront compris.

Chouan n'étais-je, déjà ? Ah oui : les beaux jeudis du passé ! Pour me faire oublier les matheuses tracasseries scolaires, ma bonne-maman passait des heures à me lire des histoires que je racontais à mes copains le lendemain à la récré en les réinventant. Il ne s'agissait pas de cul-d'ailleries pour enfants benêts, mais de vrais romans écrits par de vrais écrivains : *Anna Karénine*, *le Bal du comte d'Orgel*, *Mort à crédit*...

Et puis, pour mes goûters d'automne, elle me préparait des pommes au four. De petits fruits rustiques, tavelés et rêches, dont elle retirait le trognon avec un vide-pomme. Tu imagines, aujourd'hui, au temps de la puce et du pentium, un nimbus déboulant au concours Lépine en présentant un vide-pomme, comme il passerait pour un peigne-cul ?

A gestes lents et précis, ma grand-mère garnissait le centre des reinettes d'un savant dosage de sucre, de beurre, de gelée de groseille, et enfournait le tout dans sa cuisinière à bois.

Quelques chapitres plus tard, la pièce embaumait et nos chers auteurs passaient dans l'arrière-salle. Bonne-maman marquait la page, enfilait ses mitaines de cuisine et retirait le plat brûlant du four. Les pommes s'étaient ratatinées, plissées, cuivrées, parcheminées.

C'est le visage fripé et tanné de cette vieille gitane qui a renvoyé ma mémoire flâner sur le sentier des décennies perdues. La femme tartine une peu ragoûtante mixture sur la main et le bras infectés de Béru. Le Gravos, torse nu, baigne dans un semi-coma. Son poitrail survelu et craspouille ressemble à une couverture de garagiste. Il a les yeux entrouverts et les narines pincées des candidats au permis d'inhumer. Une écume rosâtre mousse à ses commissures. La centenaire entortille la patoune d'Alexandre dans des feuilles de bananier qu'elle ligote avec du raphia.

– C'est quoi, au juste, cet emplâtre que vous lui avez confectionné ? questionné-je, peu enclin à l'optimisme.

– Excréments de hérisson et fleurs d'eucalyptus pilés avec des tripes de crapaud, me rassure la manouche à tête réduite.

– Et dans le verre, cette boisson blanchâtre qui pétille ?

– Ça ? Aspirine effervescente.

L'un de nos ravisseurs (nous avons d'ailleurs été ravis d'échapper au juge Paracétamol) pénètre dans la roulotte guenilleuse de la Docteresse Jivaro. Débarrassé de son heaume, il apparaît comme un tout jeune homme, presque un gamin. D'immenses yeux verts illuminent son fin visage parfaitement hâlé. Il a rassemblé sa tignasse en un drôle de chignon tenu par un peigne incrusté de nacre, sans doute pour mieux l'enfouir sous le casque.

Je lui désigne Béru d'un mouvement de menton :

– Ce serait plus raisonnable de l'emmener à l'hôpital, non ?

Le gitan m'adresse une mimique d'agacement.

– Alors, on a pris tous ces risques pour rien ?

Par sainte Gabelle, cette voix ! Chaude, voluptueuse, sensuelle... Je réalise soudain pourquoi le personnage exerce sur moi une équivoque et dérangeante attirance.

– Vous êtes une femme ! m'extasié-je.

En guise de réponse, elle retire son peigne et laisse son abondante chevelure brune se répandre sur ses épaules.

– Si j'ôte ma combinaison de cuir, c'est encore plus évident, fait-elle en incrustant son regard dans le mien, sans ménagement pour ma testostérone.

– Vous avez agi avec un sang-froid professionnel, la complimenté-je sincèrement.

– Les gitanes d'aujourd'hui savent faire autre chose que des paniers !

– Votre comparse ?

– Ma sœur jumelle.

– Vraie ou fausse ?

– Vraie. Vous ne pourrez pas nous différencier...

Le petit Jésus n'est-il pas un mec sympa, quand il s'y met ?

Décidément, cette affaire est placée sous le signe de la fratrie. Deux fois philippine ! L'une par nationalité, l'autre par gémellitude. Mon petit doigt me chuchote que cette seconde paire de frangines est en rapport direct avec la mienne. (Tu me files le train dans les méandres de cette phrase rococo ?)

La motarde (de Gijón) va déposer un baiser sur le front de la vieille sorcière.

– Meralda est une magicienne. Ne vous en faites pas pour votre ami : dans quelques heures, il marchera sur les mains ! En attendant, le roi voudrait vous voir.

– Juan Carlos ?

– Mieux encore : Manolo Primero, mon père.

*
* *

Arrimée à une Mercedes top gamme, la caravane de Sa Majesté gitana est un mobile home à peine moins spacieux que le musée du Prado. Tout en cet antre luit, brille, éclate, étincelle, miroite et poudre les yeux. Univers clinquant de pacotilles et de broutilles.

Sémira, c'est le nom de ma libératrice, m'escorte jusqu'à la salle du trône, pièce paradoxalement la plus modeste des lieux. Elle est meublée de quelques tabourets disposés face à une cuvette de chiottes authentiquement noble, toutefois, puisque signée Jacob DE Lafon.

Sur la lunette, un homme d'une soixantaine d'années est assis, un plaid sur les genoux, le pommeau d'une chasse d'eau en guise de sceptre à la main.

Manolo Premier est un grand type voûté au faciès buriné. Il porte pour couronne un chapeau de feutre noir volé sans doute avec deux poules et un lapin à Marc Veyrat ou Carlos Santana. Il me sourit en signe de bienveillant accueil.

– Pardonnez-moi de vous recevoir aussi misérablement, San-Antonio, lance-t-il d'une voix rocailleuse comme un torrent de la sierra Nevada, mais les chirurgiens ne m'ont guère laissé le choix. Soit je trimballais une poche à merde en bandoulière, soit j'achevais mes jours sur cette céramique. Qu'auriez-vous fait à ma place, commissaire ?

– Sans doute comme vous, Majesté, répliqué-je, un chouïa déconcerté.

– Appelez-moi Manu, ce sera plus en rapport avec l'intimité de cet entretien.

Un gargouillis, une brève diarrhée suivie de l'action purificatrice du sceptre à chaîne dorée...

– Voilà qui est fait, soupire le monarque. Nous avons bien trois minutes devant nous avant la prochaine délivrance.

Humant l'air avec circonspection, je décide qu'il est urgent de ne pas attendre et d'en venir au vif du sujet.

– Je vous remercie, señor Manu, pour notre spectaculaire évasion. Mais je ne comprends pas pourquoi, après avoir éjecté mon ami de votre camp et kidnappé sa femme, vous nous avez libérés au péril de vos filles ?

Don Chiassos éclate d'un rire puissant qui lui déclenche un chapelet de menus vents, annonciateurs d'un imminent ouragan colônial.

– Laissez-moi vous raconter la réalité des choses, mon cher. Dans la nuit de samedi à dimanche, votre ami est arrivé ici avec une roulotte authentiquement tsigane. Nous l'avons laissé s'installer en toute liberté sur nos terres, selon la coutume des gens du voyage. Peu après, il a quitté le campement, titubant, à moitié nu, manifestement ivre, et braillant qu'il cherchait un bistro avec du beaujolais nouveau.

– En août ? Il fallait qu'il soit vraiment naze. Ensuite ?

– Mes vigiles sont venus me rapporter l'incident. Je leur ai demandé de partir à la recherche de cet homme, de le ramener et de le coucher. Mais, quand ils l'ont retrouvé, il venait d'être secouru par une femme qui l'embarquait dans une voiture.

– Je vois... Et son épouse ?

– Doña Berthaga ? Toujours parmi nous. Elle dit la bonne aventure avec un succès fou.

A mon tour de me torboyauter, mais jaune ! Sans la colossale biture de cette Enflure Majuscule de Béru, j'aurais poursuivi mon enquête au Puma Club, mis la main sur la blonde Vincenta et rapidement libéré Marie-Marie... Enfin, peut-être.

La question qui me brûle les lèvres et chatouille les tiennes, si tu as un tantipeu suivi cette aventure, jaillit de ma gorge en même temps qu'une nouvelle salve du royal rectum.

– Cela ne me dit pas pour quel motif vous nous avez soustrait aux mains des flics ? demandé-je sur fond de cataracte.

Son visage se crispe sous l'effet d'une douleur entérique.

– Ma fille va tout vous expliquer, mais, maintenant, laissez-moi. Je sens que je vais avoir une vraie colique.

Je salue Manolo et me hâte de battre en retraite sur les pas de la belle Sémira.

– Commissaire ! me rappelle le roi des Chie-tant. Vous devez rendre grâces à Jules Reinhardt, et plus encore à la petite Clara !

*
* *

Elle me saute au cou et couvre mes joues râpeuses de baisers passionnés. Cette fois, ce n'est plus mon zob qu'elle veut, mais ma tendresse. Je l'écrase contre ma poitrine sous les yeux émus de Sémira.

– Clara, ma petite Clara, comme je suis heureux de te retrouver !

Ce dialogue, je te l'ai balancé à l'amerlock, façon pompier, pompeux, pompe-nœud ! Tu peux remplacer le prénom Clara *ad libitum* par Cindy, Marylin, Julia, Cameron ou Minnie, ça marche toujours et tu retrouveras cette réplique dans tous les scénarios made in U.S.A. Les Ricains n'hésitent jamais à faire larmoyer le spectateur. C'est pour ça que leurs films cartonnent dans nos salles obscures. Pourtant, si tu réfléchis, ça fait presque un siècle qu'ils nous ressassent la même fable. Ils la déclinent suivant tous les modes, sur tous les tons, dans tous les temps. C'est l'éternelle destinée d'un mec qui débarque dans un lieu hostile où règne la terreur. Un justicier. Il a le bon droit et le Bon Dieu avec lui, ça se voit à sa gueule d'ange au visage sale. Tous le rejettent, sauf un nègre, un chicano ou un Sioux repenti qui se fera trouer la paillasse pour lui sauver la peau, et la fille du méchant qui lui roulera le patin du *happy end*. Partant de là, le champ est large. Notre héros sera cow-boy à Dead City, assureur à Chicago, chasseur chez les Zoulous, privé à Manhattan, chercheur d'or dans la sierra, inspecteur black au Ku Klux Klan, parachutiste au Viêt-nam, flicard dans la Mafia, bodyguard à la Maison-Blanche, convoyeur de serial killers, infiltré chez les junkies ou souris grise chez Walt Disney, mais à un moment ou à un autre, il dira : « Clara, ma petite Clara, comme je suis heureux de te retrouver ! » Et il aura raison, puisque c'est la manière la plus émouvante d'exprimer simplement un sentiment simple.

D'un trait de Lumière, on a inventé le cinoche, nous autres les Franchecailles, mais on a cru que la caméra était le prolongement du stylo, l'écran celui de la page blanche et le film celui de la littérature. Alors on a peaufiné les histoires, sophistiqué les héros et percuté les dialogues. En oubliant que le cinéma c'était de l'image.

Leurs scénars sont bateaux, aux z'Hollywoodiens, leurs vedettes stéréos et leurs répliques mélos. Mais les prises de vues, mon pote, les éclairages et le rythme te font oublier la platitude du reste. Tu vas me dire que *Jurassic Park* sur un scénario de Buñuel, avec les personnages de Fellini et des dialogues d'Audiard, ce serait l'apothéose. C'est peut-être le challenge du vingt et unième siècle ! Qui sait ce qu'ils nous mijotent, les Clintoridiennes et les Bushmen ?

– Comme tu es belle ! lui murmuré-je dans le cou.

– Et j'ai sucé personne depuis que je suis ici, tu peux demander à Sémira. Ils sont cool, les gitans, ils t'acceptent comme tu es.

– Tu te rends enfin compte que tu n'es pas une pute ?

Clara me montre fièrement le décor fanfreluché mais sympa de son nouvel univers.

– Je suis bien dans cette roulotte. Je fais de la couture, de la broderie, du macramé.

– Des travaux de ton âge, souligne Sémira.

La gamine nous désigne une banquette.

– Asseyez-vous, je vais vous préparer un thé. C'est bon, le thé, c'est chaud comme de l'alcool, mais ça déchire pas la tronche.

Je la regarde s'affairer, petite graine trop vite éclose qui n'aspire qu'à devenir jeune pousse.

Je souffle sur ma tasse dont la buée volute autour de son visage. L'amandine de ses yeux...

Coupez !

***

Clara m'a tout raconté de sa dernière escapade et de ce qui en consécuta, mais je vais devoir faire court. Les Verts (je parle des écolos, pas des académiciens) m'ont notifié que chacune de mes pages nécessitait, pour son immortalisation sur le papier, l'abattage d'une forêt plus vaste que celle de Fontainebleau. Aussi vais-je faire mes adieux aux digressions superfétatoires et tirades diverses pour me consacrer à l'essentiel, à l'inévitable, au compendieux, en éludant toutefois le style télégraphique.

Que voici, que voilà : la nuit de notre arrestation, Clara s'éveille en sursaut. Elle réalise que la volaille vient d'investir le palier. Trop tard pour m'avertir. Alors elle chope ma veste (elle la sait bourrée de trucs compromettants) et file dans les gogues. Sitôt que les matuches forcent l'appartement, elle s'évade par le fenestron. Au lieu de descendre se faire cueillir par les flics, elle grimpe dans les étages, se planque dans le local technique de l'ascenseur et attend patiemment le dimanche matin pour se barrer.

Elle a trouvé du blé dans mes fouilles et va se goinfrer de churros dans une cafétéria du quartier. Elle est désemparée, coupée de tout repère.

Mais le destin, cette chouette roulette du Bon Dieu, grésille dans ma veste. C'est Jules Reinhardt, mon pote le gitan, qui me rappelle comme convenu. Clara s'affale. Elle lui déballe tout, depuis notre rencontre jusqu'à mon arrestation. Le vieux tsigane lui commande d'aller se réfugier au camp de Manolo et de le laisser s'occuper du reste.

A Sémira de prendre le relais. Même s'ils ne se connaissent pas personnellement, deux chefs gitans se respectent par tradition et s'entre-doivent assistance. Reinhardt ayant sollicité ma libération, le coliqueux a tout mis en œuvre pour l'obtenir. Grâce à la complicité d'un gardien de prison et d'un cousin, patron du Zingaro Zircus, il a orchestré avec ses filles la superbe évasion que tu sais.

Tu mesures la fidélité de ces manouches ? Parce qu'un jour j'ai aidé un des leurs à l'autre bout de l'Europe, longtemps après, ils font bloc pour me sauver. Merci, les gars, vous n'êtes pas tombés dans le cœur d'un ingrat !

Clara ouvre un placard, en sort mon blazer un peu fripé et m'aide à l'enfiler.

– J'ai planqué le pétard de Tejero sous mon oreiller, ton portable est déchargé et je crois que j'ai dépensé tous tes sous, s'excuse-t-elle.

– Tu as bien fait, fillette. Le pognon, il faut le claquer. Mais rends-moi le flingue, c'est pas un jouet.

Clara va récupérer l'arme et me la tend.

– Tes papiers sont intacts. Ta carte de crédit aussi...

Elle se fend d'un sourire ficelle.

– Faut dire que je connaissais pas ton numéro de code.

En glissant le pétard dans la fouille de ma veste, je ressens le contact d'une pochette de plastique. Il me faut trois quarts de seconde pour piger qu'il s'agit du sachet contenant la photo épinglée par la défunte blonde sur ma porte du Puente Romano.

Les empreintes ! L'évasion en France d'Horacio Ypukantybez, frère de Joselito le banderillero banderillé ! Jérémy Blanc, ministre dans son pays ! Et mon Antoine ? Sa fièvre du samedi soir doit être retombée en ce jeudi après-midi ? Comme une chape, le poids de l'enquête s'abat sur mes endosses.

Dimanche, tout sera fini. Et la vie de Marie-Marie aussi, probablement...

– Y aurait un téléphone dans les parages ? demandé-je soudain.

Sémira est éberluée.

– Mais enfin, on n'est pas des sauvages. Dans notre caravane, ma sœur et moi on a le fax, le mail et internet !

Je bondis vers la lourde.

– Allons-y !

Au moment où je dévale le marchepied de la roulotte, Clara me retient par la manche.

– Si tu baises les jumelles, dit-elle d'un ton maussade, pense un peu à moi.

*
* *

– P'pa ! s'époumone mon Toinet dans l'écoutille. Tu m'as laissé sans nouvelles...

– Si tu veux que je t'en donne, laisse-moi parler !

– Tu le sais, toi, que sous ma volve de blagueur blasé, je suis et demeurerai jusqu'à ma mort un incorrigible despote.

Une larme d'huile de ricin dans l'intonation, j'enchaîne :

– Je suis dans la merde !

– Qu'est-ce qui se passe ? s'affole-t-il.

Sans pitié pour son angoisse, je lui dresse un bilan hypercalamiteux des chapitres précédents.

– Marie-Marie a été enlevée, Béru est dans le coma et je viens de m'évader de prison.

La réaction d'Antoine me bouleverse, car elle est celle d'un vrai fils.

– Mais toi, ça va, p'pa ? Tu n'es pas blessé ?

– A l'âme, si, mais pas dans la viande. Écoute-moi, fils, je t'envoie par Fedex une photo portant vraisemblablement des empreintes digitales. Tu vas recevoir ça au bureau demain matin...

– Non ! me coupe Toinet. Je ne suis pas au bureau, mais Pinaud me remplace.

– Pinaud ? Il a repris le collier ?

– Disons qu'il me donne un coup de main. Toi et Béru absents, Son Excellence Jérémy à Dakar, le service est désorganisé. Alors, le tonton Pinuche...

– ... plus fidèle qu'un épagneul, est venu t'épauler. C'est son style. Tu sais que, dans le temps, les retraités de tous poils se faisaient engager comme auxiliaires des Postes pendant les vacances des titulaires...

Tu connais le *double-take* ? Stratégie mise au point par les comiques des années trente, ça consiste à ne pas réaliser sur-le-champ le saugrenu d'une situation pour la découvrir l'instant d'après avec force mimiques et pantomimes. Souviens-toi de Laurel et Hardy tardant à comprendre qu'ils se trouvent en caleçon au milieu d'une réception mondaine...

C'est exactement ce qui m'arrive lorsque je réalise l'incongruité de l'absence de mon fils à la Grande Cabane.

– Comment ça, tu n'es pas au bureau ?

– Je suis à Hondarribia.

– Où ça ?

– Fuenterrabia, si tu préfères...

– Mais je ne préfère rien ! de funé-é-je. Je veux simplement que tu me dises où ça se trouve et ce que tu fous là-bas !

Un jappement familier interrompt cet éminent dialogue.

– Salami ?

– Oui, p'pa, c'est Salami. Je l'ai emmené avec moi. Enfin... Je n'ai pas eu le choix, il s'était planqué dans le coffre. Je crois qu'il a un truc à te dire... Je te le passe...

Un hurlement de loup-garou déchire mes tympans comme un viol en tournante un hymen de banlieue.

– Wahhaaahoooouuuu ! me reproche mon basset hound avec ce franc-aboyer que tu lui connais.

– Salami ! Mon vieux bon chien, ne le prends pas sur ce ton-là !

– Waho, waho !

– Pourquoi me traites-tu de salaud ? Parce que je suis parti en vacances avec Marie-Marie sans toi ? J'étais sûr que tu te ferais des idées... En fait, si je ne t'ai pas emmené, c'est que... tu ne supportes pas la chaleur, avec ton poil ras et tes oreilles pendantes... Quoi ? Oui, bien sûr, si tu étais frisé à poil long, ce serait encore plus dur, mais... Et puis merde, je suis ton maître, tu n'as qu'à la boucler ! Repasse-moi Antoine !

Salami me dédie un halètement de mépris et refile le combiné (gluant de sa bavoche, probable) à mon fils unique, punique, tunique et préféré.

– J'ai pris connaissance de ton message lundi matin, articule mon Toinet après un break de bon aloi. Je me suis aussitôt mis sur la piste d'Horacio Ypukantybez, l'évadé de Fouzy-Machodpis, comme tu me le demandais. C'est pour ça que je me trouve présentement dans ce charmant village basque de la frontière franco-espagnole.

– Ne me dis pas que tu le filoches ? m'ébahis-je (du verbe corse : ébâiller-édormir).

– Mieux que ça... on est potes ! Tu m'as appelé au bon moment. Il est allé se taper une pétasse, une cousine à lui pas trop regardante sur l'inceste. Faut le comprendre : après des années de taule, on a les glandes qui boursouflent !

– Chapeau, mon garçon !

Antoine se marre.

– La vérité, p'pa, on dit « Champion du monde », quand on a vu les films !

Je dégotte un bout de papier et un crayon sur le bureau des jumelles (lesquelles sont allées m'expédier la photo aux éventuelles empreintes, si tu veux tout savoir).

– Toinet ? Explique-moi comment tu es parvenu à faire ami-ami avec ce truand.

– En détail ? s'informe mon fils.

– Oui, vas-y, Toinet, on t'écoute au chapitre suivant.

8

Intermedio

En arrivant à son bureau après une douzaine de cafés noirs et un chargeur d'Alka-Seltzer, Antoine comprit que ce lundi matin ne serait pas triomphant. Il s'était rasé frais, gominé les tifs à la Brad Pitt et nippé d'un costard de lin griffé Armani. Rien n'y faisait ! Ses traits creusés dénonçaient la méga-teuf du week-end. Les vodkas, punchs et tequilas ingurgités avaient troublé l'eau bleue de son regard. Il tira une paire de lunettes noires de sa veste et s'en chaussa le nez d'un geste agacé. C'est alors qu'il remarqua le clignement rouge de sa messagerie vocale et prit connaissance de l'appel de son père.

Je l'interromps brusquement :

– Raconte à la première personne, fils, c'est plus vivant.

– Je n'oserai jamais, p'pa, dans ton bouquin !

– Puisque je t'autorise.

– Bon, d'accord, mais... en italique, alors !

*
* *

Je n'étais même pas au courant de la cavale d'Horacio Ypukantybez. Et pourtant, ce monday morning, les baveux tiraient comme un seul homme sur « L'ÉVASION DU SIÈCLE ». Je ne sais pas si tu as remarqué, mais tous les quinze jours on a droit à un truc du siècle : l'évasion, le casse, la tempête, le séisme, la maladie, le film, le match... Les événements n'ont d'intérêt que s'ils balayent ceux qui les ont précédés. Faudra vous y faire, les vieux cakes, nous, on achète, on choure, on consomme, on brise, on jette. L'info, ça doit tabasser dur. Dans le temps, paraît qu'on réutilisait le papier imprimé pour emballer le poisson, se torcher le cul (bonjour la seconde lecture !) ou allumer la cuisinière. Albal,

Lotus et pat-feu sont devenus les fossoyeurs de la grande presse. Du siècle ! Bande de ouf ! D'autant qu'il a juste quelques mois, ce petit siècle gazouillant...

Que, le 1er janvier 2001 à 00 h 00 mn 01 sec, un mec venant de réveillonner au cassoulet ait lâché la plus grosse caisse du siècle, je veux bien. Mais, dans les instants qui ont suivi, des plus Bérus que lui l'ont aussitôt éjecté du Guinness Book, c'est couru. Mais halte aux digressions, p'pa, on va croire que je t'imite !

J'ai essayé de t'appeler sur ton portable et sur celui de Marie-Marie : oualou ! Je ne me suis pas pris la tête pour ça, j'ai pensé que vos Nokia étaient déchargés, eux aussi. Alors j'ai utilisé la journée à rassembler toutes les infos sur Horacio, sa vie, son œuvre, son évasion. Émilie, la fille aînée de Mathias, qui fait un stage, cet été, dans notre service, m'a filé un sacré coup de main. Je le lui ai bien rendu. Tu sais qu'elle a une chatte de rouquine douce et fauve à la fois, une paire de loches d'un blanc satin moucheté d'or, une bouche éclatante comme un bigarreau et une crinière de paonne parée des plumes du lion ? Je profite de l'occase, p'pa, pour te chuchoter qu'on est ensemble, Émilie et moi, depuis mardi dernier et jusqu'à plus si affinités, si infinité.

Le soir même, je me suis pointé chez Pinaud, mes documents sous le bras. J'avais besoin de ses conseils, de sa sagesse, de sa gentillesse.

Tu te moques souvent de ses mégots qu'il rallume en même temps que sa moustache de rat mité. Eh bien, tu veux un scoop ? Je lui ai fait fumer un joint, l'autre soir, pas un shit pourri, bien sûr, un pétard de premier communiant. Il a mieux encaissé que les jeunes branlots.

On a consacré la nuit à étudier le dossier. En échange de la marijuana, Pinuche m'a initié au muscadet. Pas mal non plus. D'autant qu'il a ouvert quelques fines-de-claire qui n'attendaient que nous pour achever leur existence bivalve.

Je sens que je t'irrite, p'pa, alors je vais en venir droit au but et dresser, vite fait, le curriculum d'Horacio Ypukantybez.

L'individu est né à San Sebastian en 1967. Peu de temps après la naissance de son jeune frère Joselito, il a perdu sa mère dans un accident de train, près de Santander. Son père, métallurgiste, est parti travailler dans l'est de la France en emmenant l'aîné et en confiant le bébé à une tante de Pampelune. Les deux frères ne se sont jamais revus.

Joselito, l'Espagnol, s'est tourné vers la tauromachie tandis qu'Horacio, le Français, après de nombreux séjours en maison de redressement puis en prison, est devenu un caïd de la pègre. Spécialiste du perçage des coffres à la dynamite, tu l'as arrêté, il y a six ans, avec le concours de Jérémy, à la suite d'une explosion ayant provoqué la mort de deux gamins. Condamné à dix ans de réclusion, il allait être libéré pour bonne conduite dans trois mois au moment où il s'est évadé. Pourquoi un type incarcéré depuis six ans ne patiente-t-il pas les quatre-vingt-dix jours qui lui restent à tirer ? La question m'a vivement turluzobé. Quelles raisons peuvent pousser un homme de trente berges à sacrifier son avenir au profit d'un présent très incertain ?

J'ai essayé de les lister, p'pa, ces raisons, sur l'un des petits carnets de ton père que tu utilises si souvent. Elles ne sont pas légion.

D'abord, il y a la maladie, la vilaine charogne

qui te ronge inexorablement et te donne l'envie de bouffer ton blé en herbe. Zéro pour la question : Horacio n'a jamais consulté un toubib de l'administration pénitentiaire. Il pétait la santé comme un mannequin de chez William Saurin.

Ensuite, il y a l'amour. C'est vrai que la big passion est un plat qui se mange chaud. A consommer tout de suite. Mauvaise pioche encore, car un zigus enchristé depuis des lustres, son coup de foudre, c'est sous la douche avec un poilu de son espèce.

Ne reste que l'intérêt, le paquet de tunes à prendre ou à laisser, immédiatement ou jamais !

Pinuche est de mon avis, ce sont ses compétences de dynamiteur de coffres qui ont valu à Horacio son évasion. Des mecs ont besoin de lui, maintenant et tout de suite...

*
* *

– Excuse-moi d'intervenir, fils. Tes propos me confortent dans l'idée de l'extrême *emergency* du projet de nos adversaires. Ils doivent avoir exécuté leur plan samedi soir ou dimanche matin au plus tard : ça, je l'ai compris. Et Horacio leur est si précieux qu'ils n'ont pas hésité à sacrifier son frère qui flanchait ! Est-il au courant de l'exécution de Joselito ?

– Il y a fait allusion. D'après lui, c'est un flic français qui l'a abattu. Je crains qu'il ne pense à toi ! Mais laisse-moi achever mon rapport, si tu permets...

– Je permets.

*
* *

L'évasion d'Ypukantybez est un modèle du genre. Les hélicos ne pouvant plus survoler la cour centrale de Fouzy-Machodpis depuis l'installation de filins d'acier, c'est du toit de la prison que la « belle » a eu lieu. Sous la pression d'Horacio, les détenus ont organisé une manif qui a vite tourné à l'émeute.

Tout s'est déroulé dans le velours : le coléoptère surgissant des nuages, l'échelle de corde, les grenades fumigènes qui embrument la terrasse et empêchent les miradoriens d'officier, Horacio qui chope l'embout et s'évapore dans le ciel. Chef-d'œuvre !

Tu ne t'étonneras pas si je me suis intéressé au propriétaire de l'hélicoptère, p'pa, un brave pilote de club braqué, bastonné, bâillonné, ligoté et remplacé par un complice de l'évadé pour les grandes manœuvres.

Le mec marne à l'héli-club de Jouit-en-Rosace et s'appelle (qui l'eût cru ?) Ruis Enjozas. Un Espingo, lui aussi. Est-ce un hasard ?

Il habite un pavillon un peu plus haut que large et moins profond que haut, porte le nom de sa mère, le prénom de son père et une cicatrice sur la joue gauche, ce qui l'autorise à rire des blagues venues de sa droite.

Étant absent, il ne m'accueille pas. Trop matizé par le rapt de sa chère Alouette, il est cliniquisé jusqu'à ce que mieux s'ensuive.

Je ne connais pas les secrets de ton sésame, mais peu de serrures résistent à mon coup d'épaule !

Je t'épargne la perquise et les fouinasseries d'usage pour t'annoncer d'emblée que je débusque, roulée serrée dans du film plastique et planquée au milieu de ses capotes anglaises, une liasse de biftons grand format. Une fortune ! Sauf que les talbins sont coupés en deux. Dans ces conditions, cette fortune ne vaut qu'un demi-tu-l'auras.

Moralité ? Ce Ruis Enjozas ne s'est pas fait taxer son hélico, comme il le prétend, mais l'a loué de son plein gré aux mariolles qui ont embarqué Horacio.

A ma place, un flic normal aurait alerté le juge d'instruction de sa découverte et demandé la mise sous surveillance de Ruis Enjozas. Étant ton fils, suis-je un flic normal ? Faut croire que non, car j'ai piqué les demi-billets et me suis pointé à l'hosto. Grâce à ma carte de poulet, je n'ai eu aucun mal à parvenir au chevet du type.

J'avais enfilé une blouse blanche. Je faisais tellement infirmier que je me suis demandé pourquoi je n'étais pas en grève. C'est vrai, putain, salaire de misère pour un boulot de merde ! De merde, mais aussi de pisse, de sang, de dégueulis, de foutre, de pus, de microbes et de bactéries ! Ils ont raison, les larbins et cendrillons de la souffrance, d'aller vindiquer avenue de Ségur sous les fenêtres de la compteresse du ministère !

Je sais, je dérape, excuse, p'pa.

Gentiment affairé, je bidouille le goutte-à-goutte de l'hélicopman, déverse une fiole dans le bocal et lui souris.

Il trouve mon comportement normal, jusqu'au moment où je brandis ses liasses tronquées. Profitant de sa déconfiture, je lui récite ma petite fable. J'appartiens à l'orchestre des évadeurs d'Horacio, tendance sous-fifre. J'ai mis la main sur son demi-magot. Ce qui m'intéresse, c'est l'autre bout des biftons. Je sais qu'on va les lui remettre, mais j'ignore qui, où et quand. Le deal est simple : il m'informe et tout baigne pour lui, ou il fait la mauvaise tête, j'ouvre la perfusion et la strychnine fait son œuvre.

Dingue comme les mecs qui aiment le pognon préfèrent encore leur sale petite peau moite ! Pilote, mais pas kamikaze, Ruis s'affale comme une grand-voile aux abords du cap Horn ou comme le slip de tante Berthie quand Alfred sonne en l'absence de Béru. On doit lui régler le solde jeudi vers onze heures du matin à Fuenterrabia, en face d'Hendaye, sur l'autre rive de la Bidassoa. (C'est là que je me trouve présentement, p'pa, je te le rappelle.) La remise aura lieu à la terrasse du Green, un troquet tenu par l'ancien champion de golf Oukila Tirézabal. Il ne sait rien de plus, Ruis Enjozas, promis-juré.

La confession enregistrée, j'abats mes brèmes, en l'occurrence ma carte de police. Ma propose est honnête : je garde les moitiés de biftons jusqu'à ce qu'il aille palper le reste, j'alpague le pourvoyeur, lui restitue son demi-magot, il le puzzle et n'entend plus jamais parler de moi. Demande à un mec en feu s'il veut un pompier ? Il accepte, fatal.

Bref, ce matin, nous sommes attablés, Salami et moi, devant un bol de lait et un caoua fumant à la terrasse d'un bistro situé à une centaine de mètres du Green Bar.

Je vois arriver Ruis Enjozas. Il a l'air aussi à l'aise qu'un hétéro belge ayant confondu une boîte gay avec une boîte gaie. Plusieurs minutes s'écoulent, pesantes comme des secondes de Sergio Leone. Puis un grand type blond vêtu de noir s'approche d'Enjozas. Sans même le regarder, il dépose une grosse enveloppe sur sa table et s'éloigne.

Voilà qu'une moto surgit d'une ruelle, chevauchée par un homme casqué. Le bolide fonce vers la table de Ruis, s'arrête en dérapage. Le pilote rafle l'enveloppe et démarre en exécutant une impeccable roue arrière. Sa course passe devant moi. Alors tu me connais : ne perdant jamais une occasion de briller, je chope mon parasol et en plante la tige dans les roues du fuyard. Le type exécute une cabriole de cascadeur. Forcément : c'était un cascadeur. Un pote à moi engagé pour le rôle. D'ailleurs, faudra que je t'en parle, p'pa, pour le dédommager ; m'enfin, on verra plus tard.

Toujours est-il que je récupère l'enveloppe, laisse filer le motard, poursuivi par un Salami plus vrai que nature, vais restituer l'enveloppe à son légitime propriétaire. Connaissant son rôle sur le bout des ongles, Ruis me file un pourliche et se casse au plus vite.

Baba cool en diable, je siffle mon clebs et regagne ma terrasse lorsque le grand blond avec un costard noir s'approche de moi. Il me tend la main, puis une pincée d'oseille que j'enfourne avidement.

– Merci, que je lui dis, ça tombe bien, vu que je sors de taule.

Je lui aurais présenté ma carte de l'Automobile-Club qu'il ne se serait pas tant prodigué en civilités.

– Si tu as des problèmes, petit, viens, je vais te présenter un ami, un mec solide.

– Mais mon chien ?

– Il est des nôtres.

C'est comme ça que j'ai fait la connaissance d'Horacio Ypukantibez.

Je l'ai entourloupé de salades et il m'a engagé comme péon. Je dois l'escorter dans sa descente vers le sud. Je n'en sais pas davantage pour l'instant.

Attention ! Je l'aperçois, il revient, l'air pas joye. Si tu veux mon avis, il a craché trop tôt. Je te jure qu'il a la bouille d'un mec qui n'a pas fait reluire sa meuf.

Je raccroche et file mon portable à un plus S.D.F. que moi.

J'allais oublier, p'pa : je t'aime !

Tercero Tercio

LES FOLLES VACANCES DE DOÑA BERTHAGA

9

Fiesta brava*

– C'est toi, Sémira !

La belle gitane tord le nez.

– Gagné ! Mais une chance sur deux, c'est le hasard ! On recommence...

Elle entraîne sa jumelle derrière un paravent et, presque aussitôt, les deux filles, habillées pareillement, réapparaissent en affichant le même sourire et la même posture.

Je n'ai qu'un mot à te souffler de Babyla : *idem* ! C'est la copie conforme de sa sœur Sémira, certifiée par les experts du Rhône, les

---

* *Fiesta brava* : littéralement, « fête sauvage », autre nom de la corrida.

meilleurs puisque, selon l'adage béruréen, « tous les sosies sont de Lyon ».

Je m'approche de l'une d'elles, la serre dans mes bras, l'embrasse avec volupté sur la bouche. Nul doute :

– Toi, tu es Babyla !

Sémira s'agace de ma réussite.

– Mais enfin, comment fais-tu pour nous reconnaître par un simple baiser ?

– Je ne sais... peut-être un vague soupçon de saveur mentholée ?

– Tricheur ! s'exclame Sémira. Tu m'as vu mâchouiller un chewing-gum ! C'est pas de jeu. On efface tout et on recommence !

Histoire de brouiller les pistes, les jumelles se roulent une interminable pelle qui envoie du béton dans les cavernes de mon mandrin.

Je mets à profit cette langoureuse gamelle pour te mettre au parfum de ce qui t'a échappé, le temps du changement de chapitre. Sémira et Babyla ont expédié vers nos services la photo aux empreintes, elles ont acheté un chargeur pour mon téléphone portable et se sont informées en ville sur les retombées de notre évasion. Et là, mon vieux Bill – Tcherno pour les intimes –, j'en reste sur le cul ! La version officielle raconte que deux immigrés clandestins ont profité d'un embouteillage pour échapper à la police. Que le juge Paracétamol n'ait pas souhaité donner de l'ampleur à notre fugue, je peux comprendre. Mais ce que je digère mal, c'est pourquoi il m'a menti à propos de la blonde Vincenta. Je te lis la manchette du quotidien de Malaga :

« Après cinq jours de recherches, les autorités ont renoncé à retrouver le corps de la femme disparue dans le torrent. La victime n'a pas été identifiée. Probablement une touriste. »

Sémira et Babyla me reviennent, rafraîchies des muqueuses, en me défiant à nouveau.

– Si on essayait une autre méthode ? proposé-je.

– Laquelle ?

– Eh bien, je pense que vos seins ne sont pas tout à fait les mêmes.

Tu connais « le ver dans la pomme » ? C'est exactement ce que ma question instille. Les deux sœurs s'observent comme si elles se découvraient pour la première fois.

– Tu penses que l'une aurait des seins moins fermes que l'autre ? questionne Sémira, troublée.

– Non, dis-je : je pense que l'autre a des seins plus fermes que l'une. Mais si vous ne voulez pas vous confronter à ce test, c'est votre choix.

Ma salive à peine sèche, les jumelles se dépoitraillent. Merveilles des merveilles, ils sont quatre ! Parfaitement semblables, symétriques par deux et divisibles par quatre, idoines, sans signes distinctifs. J'en reste ébaubi et pantois. Je mordille l'un des mamelons et m'en repais jusqu'à plus suif, tout en caressant les autres. Je passe au suivant et le tète en folie. Il en reste encore deux dont ma soif ne saura jamais s'assouvir. Ma langue et mon palais s'en imprègnent jusqu'au délire. Je me rends, je m'incline : elles ont les mêmes tétines.

Et là, mon ami de lait, mon frère de couilles, je connais le plus puissant bonheur sensuel de ma vie ! Une bouche me happe, suivie de la même bouche qui m'aspire. Elles se relaient, les belles, sur un rythme grandissant, si frénétique au final qu'elles ont droit à une part égale de ma distribution intime.

Ce premier coup de semence n'atténue en rien mes ardeurs.

– Je veux vous prendre jusqu'à la fin du monde ! hurlé-je.

Je les investis tour à tour, m'enfouis dans leurs tiédeurs. Elles ont les mêmes frémissements, les mêmes soupirs, les mêmes suppliques, les mêmes exigences.

Ce fut une nuit de coït ininterrompu, de jouissance dupliquée, mailée, interstellée... Merci, mon Dieu ! Merci, Bill Gates !

*
* *

Des Lopez, il y en a des chiées par douze sur l'annuaire, mais pas une Vincenta ni un Abhoul, prénom de son hypothétique défunt mari. Ne demeure, pour retrouver les mânes de cette femme, que le numéro de sa voiture. Selon Béru, la plaque comportait les lettres MA et le numéro 69-69, mais incomplet. Un quart d'heure plus tard, Manolo Primero, grâce à ses appuis, nous chiasse le résultat : la New Beetle appartient à la société Avis qui l'a louée en longue durée au Puma Club.

Un nouvel entretien avec Ricardo Tejero te semble à l'ordre du jour, mon bébé rose ? D'accord avec toi. C'est exactement ce que je suis en train de mitonner lorsque des hurlements poussés dans l'enceinte du camp m'interpolent.

*
* *

Je me précipute vers un pâté de roulottes disposées en cercle comme dans les westerns pour contenir l'assaut des Comanches. Au centre de cet éphémère quartier, deux adolescents se castagnent avec une superbe sauvagerie. Le plus baraqué vient d'expédier son adversaire à terre d'un coup de boule dératicheur. Loin d'abdiquer, le fluet se relève et jaillit un rasoir de sa poche. Pas le Gillette G2 qui t'offre tous les matins l'occasion de te honnir dans la glace, non, l'authentique coupe-chou, capable de trancher une feuille de papier dans le sens de l'épaisseur et, à l'occasion, une carotide bien gonflée. A égorgeur, égorgeur et demi, l'autre dégaine un couteau à cran d'arrêt lamé de vingt centimètres.

Assemblée autour des combattants, une meute masculine les harangue, les harcèle, les incite à la haine et au sang, tandis qu'une pauvre femme se lamente. Elle est ventrue, grosse de trop de maternités, vieille d'années qu'elle n'a pas vécues, misérable d'une détresse qui n'intéresse personne.

Je m'avance vers elle. Mon regard la surprend, tant elle est habituée à sa transparence.

– Ce sont mes fils ! Ils vont s'entre-tuer... C'est la faute à la sorcière !

– Quelle sorcière ?

– Doña Berthaga ! Elle leur a tourné la tête.

Berthe ! Je l'avais complètement oubliée, cette vachasse !

Les deux garçons en furie nous jouent un remake de *West Side Story* version tsigane. Leur ballet meurtrier serait presque poétique si le fil de leurs armes ne zébrait leur chemise de perles rouges.

– Pourquoi les hommes n'interviennent pas ? demandé-je.

– Un gitan ne se mêle pas des affaires des autres.

– Et un étranger ?

– Un gadjo ? C'est autre chose.

– Quel est votre nom, chère madame ?

– Maruchka.

– Je veux dire... votre nom de famille ?

– Carpatos !

– Bien...

Je m'approche des belligérants et me plante au premier rang de leur danse macabre.

– Les Carpatos sont tous des enculés ! annoncé-je de cette voix stentoréotypée que prennent les animateurs de grandes surfaces pour la vente promotionnelle d'un lot de chocolat à cuire. Des enculés, des pédés et des lopettes !

Les gamins déclarent la trêve des confiseurs et me font face.

– Qu'est-ce qui raconte, lui ?

– Qu'est-ce tu dis ?

– Vous n'avez rien dans le chausson, rien dans le caleçon, rien dans le citron !

Comme une seule teigne, ils se ruent sur moi. Deux claques plus tard, j'ai confisqué rasoir, cran d'arrêt, et les livre tout miel à leur génitrice.

– Je retire ce que j'ai dit, ajouté-je dans la foulée. Les Carpatos ne sont ni des enculés, ni des pédés, ni des lopettes. Mais deux petits connards méritant une bonne ratatouille de leur brave femme de mère !

Elle ne se prive pas de les avoiner, Maruchka, ces trouducs !

Motif de leur querelle ? Chacun s'est vu prédire par l'extralucide bérurière qu'il deviendrait un jour roi des Gitans. Et comme le trône n'a qu'une place, un cul va se retrouver le bec dans l'eau : d'où cette rixe digne des fils de Charlemagne.

Afin de juguler cette guerre fratricide, j'explique aux garnements que lorsque sera venu leur temps de régner, les Gitans, Tsiganes et autres Romanichels ayant crû et multiplié, leur population dépassera celle de la Chine. Il faudra donc au moins deux rois pour gouverner de si vastes provinces. Doña Berthaga a donc vu juste en les adoubant par boule de cristal interposée.

Subjugués par mon cours de politique-friction, les deux frangins acceptent de se serrer la main. L'incident clos, je fonce chez la Gravosse pour l'injoncter de laisser quimper ses prédictions à la Nostrabérus.

*
* *

Une poupée russe ! Pas la minuscule statuette de l'intérieur, non : le sarcophage qui englobe toute la famille gigogne ! Babouchka maquillée Barbie ! Coiffée rhum Négrita d'un torchon ayant appartenu à M. Rafat ! Divinité suintant le fard, puant le lard, implorant le dard ! Telle s'offre doña Berthaga, nouvelle égérie des gens du voyage furtivement sédentarisés sur les hauteurs de Malaga.

– Commissaire ! Quel bon vent ? m'accueille-t-elle, me tendant à baiser d'un geste épiscopal une bague de fausses améthystes et de rubis bidon évoquant un entrelacs d'hémorroïdes surmenées par une alternance de constipations et de sodomies.

– Ce n'est point un vent, très chère Berthe, mais une tempête récoltée par votre pratique inconséquente de la voyance !

– Vous vous êtes laissé dire que j'étais magicienne ? pérore-t-elle.

– Si fait, réponds-je sur le même mode. Mais comment diantre vous est venue pareille vocation ?

La Mastarde se love sur le canapé de sa roulotte.

– Le hasard, bel Antonio, le hasard, minaude-t-elle.

Que je te décrive son antre divinatoire. Derrière le canapé, récup' des chiffonniers d'Emmaüs, une cloison en contre-plaqué est percée de trois trous de diamètres variables. Sous chaque orifice, un prix est annoncé en pesetas. Devant la maîtresse des lieux se trouve une table basse, ornée en son centre d'un sous-main de Skaï noir. Une boîte de Kleenex, un litre de sangria et une coupe de chorizo finement tranché complètent le mobilier.

– V'pouvez v'z'asseoir à mes côtés, commissaire de mes rêves, invite doña Berthaga.

Inutile de préciser que je décline et m'en tiens à la station debout. L'Immondesse croise haut ses cuissots (cuisseaux, ça marche aussi) pour me permettre d'apprécier la dentelle de ses bas-jarretières agréablement incrustés dans sa cellulite, et me blatère son odyssée :

– N'en réalité, lorsque j'ai con-s'taté qu'Béru, c't'enflure, m'avait plaqué, une fois n'est pas coutume, j'ai pas niqué ! J'm'ai dit qui valait mieux faire alléchance avec tous les métèques et rastaquouères du campement. Çui qui s'est montré le plus aimab' à mon Edgar, c'est le doillien ! Quatre-vingt-onze ans aux prunes, mais svelte, pas chauve la moindre et toute sa tête question cerveau. Il arrive ici même, m'apporte un hérisson grillé sur le barbocuse, pur délice, et m'demande si je pourrais pas, en contrepartouze, lui revigourer l'andouillette. Que vouliez-vous que je fisse ? L'honneur d'la France étant z'en jeu, je lui aère le bigoudi et j'm'escrime du mieux que je puis. C'était pas gagné d'avance, car on n'a jamais vu un bigorneau se transformer en concombre de mer. Pourtant, le miracle d'mes dix doigts fait son œuvre et v'là pépère qui déflaque sa vieille semoule pile su'l sous-marin noir qu'vous z'avez présentement d'vant les yeux.

Elle me désigne le sous-main fort heureusement nettoyé depuis.

– Et alors là ! Le don ! La révélation ! J'observe sa p'tite foutraille avec attendrissement. Elle dessinait comme une tête de mort, avec les trous des yeux, du naze et d'la bouche...

Berthe enfouit son visage derrière ses deux paluches de catcheur manucuré.

– Vos parents sont morts ! je lui dis sans même que ma pensée aye justifié mes paroles. Et là, le mec, il est scié ! « Comment vous l'avez-vous-t-il su ? » y me demande. « Une intuition ! »

– Qu'un homme de quatre-vingt-dix ans soit orphelin, objecté-je, ce n'est pas rare !

– Essayez pas d'me déstabiliser, Antoine ! Depuis c'te prémodiction, ils défilent tous pour se faire pronostiquer le futur, plaide la señora Béru. Allez pas chercher plus loin. Je leur donne du bonheur, ils m'filent du pognon, tout l'monde est content.

– N'empêche que vous avez foutu la pagaille en prédisant à deux garçons qu'ils deviendraient rois des Gitans.

Berthe caresse son maquillage sous lequel pointe un duvet de harpie.

– Carpatos ! s'exclame-t-elle. Il est venu deux fois et je lui ai dit deux fois la même chose.

– Ils étaient deux et sont venus séparément, rectifié-je.

La Gravosse réalise alors sa bévue.

– Merde ! J'ai cru qu'c'était le même : y z'avaient le même zob.

– Quel style de divination pratiquez-vous donc ?

– La chibromancie ! Je lis dans les veines de la bite comme d'autres dans les lignes de la main, et dans le sperme mieux que dans du marc de café.

Une clochette branligote derrière la cloison.

– Tiens, un patient ! Z'allez pouvoir juger sur le vit, commissaire.

Presque aussitôt, une fort modeste biroute s'inscrit dans le trou du milieu. La doña balance une chiquenaude sur le bout du gland.

– Non, mais pour qui qui s'prend, lui ! s'offusque-t-elle. Dans le trou à quinze mille, resquilleur ! T'as pas la maille !

La zigounette se retire pour s'insinuer dans le plus petit orifice.

– Banco ! confirme la devineresse. Envoye la soudure.

Deux billets apparaissent, que Berthe caméléonne.

– J'vous esplique, doux et tendre Tonio. J'ai trois tarifs. Cinq mille pézètes pour les gros chibres, à peine deux cents balles : plutôt modique, reconnaissez. Les bites moyennes payent dix mille, et les riquiqui, quinze. La prime à la monture, quoi. C'est plus folichon de tripoter une courgette qu'un cornichon, faut admettre, non ?

Elle se tait, se concentre et commence à flatter le triste appât (ou les tristes appas) de son client. Sans augmenter notablement de volume, le pénis soumis aux attouchements berthaguiens semble durcir et rougeoyer du capuchon.

– Piètre ligne de bandaison, commente l'Irma du Radada ; la veine bleue tarde à s'enfler... On a affaire à un mal sucé. Soit il est moche, soit il est veuf. En tout cas, c'est pas tous les jours qu'il envoie Popaul au cirque. M'enfin ! Il a payé, on va le traiter.

Bouche en cul-de-poule, elle happe le vermisseau pour se récrier aussitôt.

– J'en étais sûr ! Un goût de savonnette ! Ça dénote de la timidité chez ces gens-là. Parce qu'entre nous, les Romanichels, y craignent pas trop le fumet de gland ! Z'ont même tendance à négliger les blablutions indispensab' !

Avec une truculente avidité, elle se remet à pomper le gentil membre.

– J'allez voir ! ânonne-t-elle. Il va larguer chon canadair de poche en ouins de deux ! Ch'sens qu'ça vient éjà !

Elle attrape le sous-main, le glisse sous son menton.

– Au moment opportun, désembouche le type et recueille son obole sur la surface noire.

Tandis que son patient rencoquille le mollusque, Berthe fait miroiter la semence à la lueur d'une loupiote.

– Voyez vous-même, San-A ! Quelques virgules de foutre, trois petites gouttes et puis s'en va ! Le message est clair : c'est un complexé.

– Et qu'allez-vous lui prédire ?

– Qu'un jour proche il quittera le camp ! Qu'il ira vivre ailleurs, là où sa misère sexuelle est encore inconnue. Croyez-moi, commissaire, je distribue du bonheur et d' l'espoir. Je ne vole pas les devises que j'engrange.

Un tohu-bohu derrière la cloison attire notre attention. Une masse violine obstrue soudain le grand trou à cinq mille pesetas. On jurerait un serpent descendu de la planète Mars et tentant une percée chez les z'humains. Les coups de boutoir de la bête ont vite raison de la cloison qui se fendille, se craquelle et laisse enfin surgir un monstre chibre.

– Béru ! s'extasie la voyante. Mon Alexandre ! Y a qu'un seul paf de c't' acabitte sur cette pauv' planète !

Force m'est de reconnaître le bel organe de l'Ineffable. Apoplectisée d'excitation, Berthe soulève sa jupe, plaque son dos contre la paroi, empoigne le manche chevalin de son époux et se l'enfourne jusqu'à la garde en lâchant un grognement de laie en gésine. Lui boutant son étendard, elle offrant son fessier, leur coït est dantesque !

– Tiens, grosse vache ! beugle l'Horrible.

– Donne bien, gros porc ! meugle en retour la digne épouse.

– J'sus dans ta chatte, salope ?

– T'es dans mon cul, mais t'arrête pas, fumier !

Le contre-plaqué n'ayant pas la solidité du chêne massif, tous les ébénistes te le diront, le galandage ne résiste guère à la répétition de ces assauts. Il explose d'un coup, livrant place à Béru qui entraîne Berthe, laquelle fonce bille en tête vers mes abdominaux. J'esquive de justesse en me jetant de côté. Sous la poussée de son étalon, l'extralucide devient passe-muraille, démolit la roulotte et le couple maudit bascule à l'extérieur.

Béru en profite pour jouir avec la discrétion qui fait son charme et l'éducation sexuelle des petits manouches avoisinants.

Les retrouvailles sont touchantes. Dépenaillée, Berthe explique à son mari qu'elle a trouvé sa voie et souhaite poursuivre sa carrière de voyante. Tout en peinant à renfourner sa trompe, A.B.B. lui expose sa vision des choses :

– Écoute-moi bien, ma puce, dit-il, l'air inhabituellement grave. J'ai rien cont' les femmes qui travaillent, les femmes qui réussissent, les femmes qui gagnent. Mais pas la mienne ! Le succès, ça va pour les gonzesses des autres ! R'garde bien n'a travers l'histoire. La Clé-aux-pâtres, Lutèce-orgiaque, Catherine de mes-Sidis, Marie-incurable ou la Queen d'Anglebeef, c' ç'ont des nanas qu'leur mec valait pas un coup de cidre ! Quand t'as la chance d'avoir épousaillé la plus belle queue du monde, tout ce qui t'reste à faire, ma grande, c'est la cuisine et les pipes. La gloire, vaut mieux qu't'oublilles !

Émue aux larmes, dame Bérurière se jette dans les bras de son homme.

– Ah, mon Gravos ! T'as toujours su causer aux femmes, toi !

*
* *

Vendredi, 15 h 30, je me gare devant le Puma Club de Puente Romano. A cette heure siesteuse, le night-club est aussi désert qu'une épicerie chiite du centre de Tel-Aviv.

Pourtant, je sais que Ricardo Tejero est là. Il nous attend. On lui a filé rencard en l'appâtant sur un gros coup : un cheik arabe souhaite louer sa boîte à prix d'or pendant trois jours pour y recevoir ses amis ; mais il veut visiter les lieux au préalable.

J'ôte ma casquette, la plaque le long de ma jambe et vais ouvrir la portière arrière. Je m'incline bien bas pour aider à sortir Son Éminence, tendance grise au niveau du slip. Le potentat rajuste son chèche qui donne de la bande sur tribord.

– Putain de coiffure de merde ! rouscaille-t-il en craquant une malodorante louise.

– N'oublie pas que tu es un prince ! le morigéné-je entre mes dents.

– Et alors ! On pète plus dans la noblesse arabe, maintenant ?

Lunettes fumées, costard beige et chemise bleu ciel, j'ai tout du chauffeur de nabab. Y compris la Rolls ! Figure-toi que Manolo Primero a mis à notre disposition une authentique Royce blanche décapotable, pare-chocs et roues à rayons dorés. Inutile de la maquiller en limousine d'Arlouf, vu qu'elle a été piquée il y a trois ans à un émir du côté de Disney World. Comment cette bagnole de luxe tirée en Floride a-t-elle atterri dans ce campement gitan ? Mystère et boule de Rom !

Sémira et Babyla ont déployé un talent fou pour déguiser Béru en Altesse merguezissime. Je les soupçonne de lui avoir également ponctionné la tige en duo, car le Mastard me semble un peu pâle des genoux.

Je me dirige vers le club et sonne à la porte qui aussitôt pivote sur ses gonds. L'un des videurs entr'aperçus naguère nous conduit dans la boîte vide jusqu'au maître de céans, avachi dans un fauteuil.

– Je vous présente le cheik Ber-Hur-Ryad, du Yamen-Tafrez, dis-je à Tejero en affectant un fort accent oriental.

Ce butor ne prend même pas la peine de se lever. Ber-Hur lui tend alors sa main (que la vieille Meralda a miraculeusement guérie, je te le précise), chope la sienne, le redresse avec la vigueur qu'on lui connaît et lui explose le pif d'un frontal taurin. Histoire de ne pas être en reste, je tartine les roustons de son sbire, le soulage de son arme que je refile à Béru. Le Mastard vire sa coiffe et s'en éponge le front.

– Bon ! J'crois qu'on va pouvoir causer ! fait-il en balançant un coup de latte mutin dans les côtes de Ricardo.

Je retire mes lunettes et m'agenouille auprès de lui.

– Tu me reconnais, je présume ? Et ce calibre aussi ? dis-je en lui montrant le pétard de feu son frère.

– J'te crèverai ! grince-t-il.

– Tu aurais tort, Ricardo ! J'ai récupéré son flingue, c'est vrai, mais, je te l'ai déjà dit, je n'ai pas tué Pedro. C'est Vincenta qui l'a buté ou fait buter !

Tejero brother m'observe en se demandant si je suis du lard ou du cochon, mais, en tout état de cause, il opte pour le régime coranique.

– J'te crèverai ! répète-t-il.

– Bon. Puisqu'on n'a pas de prise sur ta

raison, on va s'en prendre à ta viande. Ben-Béru, s'il vous plaît, faites votre œuvre.

D'un pas de sénateur, Alexandre se dirige vers le bar de la turne, passe derrière, se sert posément un grand verre de scotch qu'il ingurgite à petites lampées. Lorsque Sa Majesté prend son temps, c'est signe d'un colossal bouillonnement interne, le fameux calme qui précède la tempête. Il s'empare d'une fiole et de quelques menus objets, puis revient tranquillement vers Tejero. Le gars triture son nez écrabouillé d'un air circonspect. Il pressent du pas banal et se prépare au pire. Lorsque l'Enflure se penche sur lui, il ne peut réprimer un geste de recul.

– N'aye pas peur ! lui souffle gentiment Béru. On va juste assaisonner le tartare de ton naze.

L'Infernal débouche son flacon, qui se révèle être du Tabasco, et asperge la blessure de Ricardo de petits jets pimentés. L'autre se fout à hurler au charron.

– Personnellement, je le préfère dans le bloody mary, avec un trait de Worcester ! fais-je en souriant.

Tejero me balance un crachat que j'esquive de justesse.

– Ça manque p't'ête d'un peu d'acidité ? s'enquiert A.B.B. en pressant un demi-citron sur la plaie. Ou de sel de céleri ?

Fou de douleur et de haine, le taulier nous profuse d'injures en espagnol, en français et dans une langue que j'identifie comme étant du basque. Je décide aussitôt de changer de tactique.

– Laisse tomber ! je lance à Béru d'un ton découragé. Il ne parlera pas. On les liquide et on s'en va.

Sans marquer la moindre hésitation, je dégaine mon soufflant, chope le videur par les tifs, applique le canon sur sa tempe et lâche une prune à bout portant. Le type s'effondre dans un geyser de sang.

D'un coup, Tejero ne pense plus à ses petites misères nasales. Il roule sur moi un regard effaré.

– A ton tour, mec...

– Non ! Pas moi ! me supplie-t-il. On peut encore s'entendre...

– Alors, cause vite ! le tanne Béru. La patience d'mon pote a des limites.

Manière de ponctuer son intervention, le Gravos balance une louffe déchirante dont la sonorité finale évoque la trituration d'un plat de coquillettes au beurre. Son faciès se rembrunit.

– J'admets qu'elle m'a vite soigné la pogne, la vieille r'bouteuse, mais ses décoctions m'ont filé mal aux tripes. Je crois qu'j'viens d'chier dans ma gandoura.

– Les gogues, c'est près du vestiaire à gauche. Va te débarbouiller l'anal, Gros, le temps que j'interviewe ce bel hidalgo.

Buffalo Bide s'évacue d'une démarche circonflexe dans les obscurances de la turne. Tejero n'a plus besoin de forceps ni de péridurale pour accoucher. Il me balance tout ce qu'il sait et se déclare même prêt à inventer ce qu'il ignore.

Depuis quelques mois, Vincenta rançonne les Tejero comme tous les autres commerçants basques établis sur son secteur de la Costa del Sol. Il s'agit d'un impôt révolutionnaire qu'elle est censée reverser à l'E.T.A. (*Euzkadi ta Askatasuna* : le Pays basque et sa Liberté). Ceux qui regimbent voient leur boutique partir en fumée. L'un d'eux, plus entêté que les autres, a récemment péri dans l'explosion de sa cuisinière, pourtant électrique.

Habitués aux rackets de tous poils, les Tejero se sont soumis de plus ou moins bon gré à cette contribution forcée. Ils crachent tous les mois 500 000 pesetas, soit environ deux plaques. Leurs affaires, florissantes, peuvent supporter pareille ponction. Ils fournissent en outre à la fille une bagnole et un appartement en plein centre de Puerto Banús (dont je mémorise l'adresse, tu t'en doutes bien).

La blonde se fait appeler Vincenta Lopez, mais ce n'est sans doute pas son vrai nom.

– N'est-elle pas la veuve d'un certain Abhoul Lopez ?

– Qui ça ?

– Un trafiquant de drogue qui devait figurer en bonne place sur ton carnet de bal !

– Je vous jure que je n'ai jamais entendu parler de ce type. (Il louche sur son homme de main roide et ensanglanté.) Pourquoi je vous mentirais ?

In petto (à propos, je trouve que Béru s'éternise aux latrines), j'incline à croire Ricardo et à penser que Paracétamol m'a berluré. Il m'a même baratiné sur toute la ligne en ce qui concerne Vincenta. On a repêché son corps : cela est démenti par les journaux. Elle était la femme d'un truand notoire : cela semble bidon. Pourquoi cette désinformation ?

Mon cervelet bat la campagne. Ce genre de promenade étant excellent(e) pour l'oxygénation des méninges, la solution se dessine doucettement.

Le juge était d'accord pour nous libérer, mais seulement lundi, c'est-à-dire après la date butoir des ravisseurs de Marie-Marie. S'il m'a menti au sujet de la Blonde, c'est qu'il craignait que je ne parvienne à communiquer avec quelqu'un de l'extérieur. Il a eu raison de se méfier, puisque je suis libre. Vincenta Lopez est l'élément clé de cette histoire, et Paracétamol son complice.

Berthe lisant dans la décharge des manouches est moins divinatoire que moi en cet instant de grâce. Mes neurones, piranhas de la déduction, bouffent une à une les incertitudes qui me hantent.

Basque ! Le monde peuplant mon crâne tourne autour de cette belle identité : Basque !

Ils sont tous basques !

Les Tejero, maquereautins dévoyés ! Ypukantybez frère et frère, nés à Donastia (Saint-Sébastien) ! L'énigmatique Vincenta qui collectait des fonds au profit de l'E.T.A. ! Et le juge Paracétamol, Hernani pour les intimes, du nom d'un personnage de Victor Hugo, certes, mais aussi d'une petite ville de la province de Guipúzcoa, en Pays basque espagnol !

Un gémissement m'arrache à ma méditation.

– Il a bougé ! s'exclame Ricardo.

– Qui ça ? fais-je étourdiment.

– Rodrigo, répond-il en me désignant son garde du corps. Je crois qu'il n'est pas mort.

– Je me tue à te le répéter : je ne suis pas un assassin.

– Mais... je t'ai vu le flinguer !

– Un vieux truc enseigné par un collègue du F.B.I. Au moment de tirer, tu dévies le canon de l'arme de manière à raser la boîte crânienne de ta victime. Le choc l'assomme et le sang gicle du cuir chevelu. Les témoins sont persuadés que tu viens de l'exécuter !

Le faciès de Tejero se crispe.

– Tu m'as encore baisé !

– Un con, c'est fait pour ça, Ricardo.

– Toi, je vais te crever ! Je te jure que je vais te crever !

Je lui tapote l'épaule d'un geste affectueux.

– En attendant, aide ton pote à se relever. On se casse !

– Où on va ?

Pertinente question à laquelle je n'ai pas encore trouvé de réponse. Mon idée première est de les embarquer au campement de Manolo jusqu'à la conclusion de l'affaire. Mais cela déclenchera ensuite des représailles. Pas cool pour mes copains gitans.

Abandonner Ricardo et Rodrigo ici, c'est l'assurance d'emmerdes majeures. Ces enfoirés vont rameuter la grande truanderie du coinceteau, plus la volaille à leur botte. Ça fait too much pour les deux évadés que nous sommes, Béru et moi !

L'évocation du Gravos me rappelle à nouveau

que son stage aux goguezingues dépasse la durée raisonnable, même pour un chieur d'envergure.

Je m'apprête à le héler (« Je le hélai, holà ! me hâlant en allant aux halles le long du halage, hélas... » Nul n'a oublié ce magnifique alexandrin de vingt-deux pieds signé Maurice Troudud, Goncourt de circonstances), lorsque, exploitant ma non-vigilance, Tejero s'accroche à mon poignet et m'arrache le pétard. Je me rue en sauts de carpe vers les frondaisons du bar. Ce crétin me canarde. Une balle traverse le col de ma chemise, l'autre le revers de mon pantalon.

Tirée depuis l'entrée du cabaret, une rafale de mitraillette me sauve provisoirement la mise. Rodrigo, que j'avais tué pour de rire, se retrouve mort pour de bon, criblé de bastos. Ricardo réplique et sèche le flingueur d'une balle en plein front. Il devait viser les pieds, ce demi-hareng ! Malheureusement pour lui, un second fourailleur entre en lice et le découpe selon le pointillé. Comme la plupart d'entre nous, il meurt aussi bêtement qu'il a vécu : sans savoir pourquoi.

Planqué derrière le rade, j'hésite à soutenir le siège. Avec pour armes quelques boutanches, un shaker et une râpe à muscade, tu ne refais pas Stalingrad.

Aussi, lorsque le canon fumant d'un F.M. me reluque droit dans les yeux, me contenté-je d'attraper les nuages en souriant.

– C'est une sage décision, Commissaire ! approuve une voix « off ».

Une silhouette entre dans le champ et me tend la main pour m'aider à reprendre une stature de bipède.

– Merci, Hernani.

Paracétamol jette un ordre en basque à son lieutenant qui va s'appuyer contre la porte d'entrée du club pour parer à toute intrusion. Puis il m'entraîne vers la table réservée aux V.I.P.'s, où nous nous asseyons face à face comme deux collègues de bureau en goguette.

– Quel gâchis ! soupire le juge en désignant les cadavres.

– C'est vous qui avez tout gâché ! répliqué-je. Samedi dernier, lors de la corrida, Joselito m'a simplement confié qu'il avait quelque chose de terrible à me dire. Vous l'avez fait assassiner pour ça ! Vous l'auriez simplement empêché de venir à notre rendez-vous, je l'aurais pris pour un barge et aurais oublié l'incident. Moi, je passerais des vacances tranquilles avec Marie-Marie et vous seriez pénard pour exécuter votre plan.

Le juge hoche la tête.

– Vous avez raison. Nous sommes plutôt enclins à la paranoïa, dans notre job.

– Votre job ! Vous parlez de la magistrature ou du terrorisme ?

– Ne faites pas l'enfant, San-Antonio, vous avez très bien compris qui nous sommes.

– E.T.A. ?

– Qu'importe le sigle, nous poursuivons tous le même but.

– L'indépendance du Pays basque ?

– Vous êtes contre ? Votre femme nous a affirmé le contraire. Elle prétend que vous êtes un homme ouvert à toutes les justes causes.

– Ce n'est pas encore ma femme, mais elle a raison.

Il marque un temps.

– Dites-moi franchement ce que vous pensez de notre combat.

– Franchement ? Je suis pour la liberté des

Basques, des Corses, des Bretons, des Savoyards et des Berrichons si elle s'acquiert par les urnes et non pas dans le sang.

– Langue de bois ! Vous raisonnez tous de la même façon ! Pensée unique et sclérosée ! Comment voulez-vous que...

– Permettez-moi de vous interrompre, monsieur le Juge ! Je vais achever votre phrase et vous prouver que votre diatribe obéit elle aussi à un vieux schéma mille fois polycopié ! Vous alliez dire : « Comment voulez-vous que nous nous fassions entendre de la communauté internationale si nous n'accaparons pas les médias, et pour susciter l'intérêt de la presse, des radios et de la télévision, il n'y a que la violence ! »

Paracétamol acquiesce :

– Il n'existe pas d'autre manière d'être écouté !

– D'autre manière que de tuer des innocents ?

– Personne n'est innocent ! s'emporte soudain le juge. Nulle part et jamais ! Nous sommes tous les complices d'un système qui asservit l'homme et le prive une à une de ses libertés fondamentales...

– Je connais la suite, le coupé-je de nouveau. Mais vous, tout-puissant juge, qu'avez-vous à reprocher à cette société espagnole qui vous comble ?

Paracétamol secoue la tête.

– Elle ne me comble pas, elle m'adule. (Il se renfrogne.) Voulez-vous tout savoir ?

– Comme vous allez m'éliminer, autant éclairer les bougies qui flanqueront mon catafalque !

Ma réflexion l'amuse plus qu'elle ne l'émeut.

– A dix-sept-ans, j'étais berger dans la montagne, raconte-t-il du fond de ses entrailles. Mon père avait été exécuté par les franquistes. A l'époque, je m'appelais Ramuntxo Dol y Pran, et n'avais plus rien à espérer de l'existence. C'est alors que des hommes de l'E.T.A. m'ont pris en main et ont changé mon destin. Aujourd'hui, j'exerce un pouvoir qui me sert...

– ... à régler des comptes personnels !

– Non ! Les comptes de mon peuple, qui veut perpétuer sa race et préserver sa langue.

Un aigle de silence plane au-dessus de nous.

– Vous avez fait assassiner Joselito parce qu'il

voulait me parler, dis-je ; abattre Pedro Tejero qui pouvait m'aiguiller sur Vincenta ; exécuter Chiquita qui aurait pu recueillir mes confessions...

Le juge sort tranquillement un Magnum de sa poche.

– La danseuse de flamenco, je l'ai banderillée moi-même.

– Pourquoi tant de haine ?

– Pourquoi tant d'incompréhension ? me tennis-t-il.

– Et maintenant, vous préparez un attentat ? contre-attaqué-je.

– Qui sait ?

– Un attentat à l'explosif ?

– Peut-être...

– Ordinairement, vous maîtrisez bien ce genre d'acte terroriste, non ? Alors, je me demande pourquoi vous avez eu besoin d'un spécialiste comme Horacio ?

– Ceux qui liront les journaux de dimanche comprendront. Mais ce ne sera pas votre cas.

Il surprend mon regard en direction du vestiaire.

– Oubliez votre gros copain. Nous sommes entrés par l'issue de secours et l'avons surpris en train de nettoyer sa gandoura.

– Vous l'avez tué ?

– Non, j'ai un projet pour lui. Mes hommes l'ont neutralisé et embarqué.

Moyennement rassuré sur le sort du Gravos, j'essaie de gagner du temps en continuant de questionner Hernani.

– Comment nous avez-vous retrouvés au Puma Club ?

– J'étais sûr que vous voudriez cuisiner Tejero, alors j'ai fait mettre son téléphone sur écoutes. Lorsqu'un certain cheik Ber-Hur-Ryad s'est manifesté, j'ai vite appris qu'aucun notable arabe ne répondait à ce patronyme. Conclusion ? Je suis là et on va se dire adieu...

Ce type m'a condamné au nom de sa sacro-sainte mission et je n'ai aucun espoir d'infléchir sa détermination. Je tente néanmoins le prêche de la dernière chance :

– Même si vous nous tuez tous, votre entreprise est déjà vouée à l'échec !

Il me sourit avec la candeur d'un cannibale

qui vient de tortorer ton pied droit en sauce gribiche et s'apprête à cuisiner le jarret attenant avec du chou au cumin.

– Ne comptez par sur le jeune flic qui a infiltré la bande d'Horacio ! Il a été balancé par le pilote d'hélicoptère. Ypukantybez s'en est servi de bouclier jusqu'en Andalousie. A l'heure actuelle, je ne donnerais pas cher de sa carcasse.

Un frisson de détresse me parcourt l'échine.

– Ce flic, c'est mon fils ! grondé-je.

Pressentant ma révolte, Paracétamol, en guérillero avisé, se lève et recule de trois pas sans cesser de me braquer.

– J'ignorais ce détail. On n'est jamais aussi bien informé qu'on le pense.

Son doigt se contracte sur la détente.

– Je vous aurai au moins épargné la douleur d'apprendre la mort de votre fils, Commissaire.

Il va tirer, c'est inéluctable, mais si tu savais comme je m'en fous ! Ce n'est pas si compliqué que ça de mourir, puisqu'on y arrive tous. A bien réfléchir, j'aurai eu davantage peur de ma vie que de ma mort.

L'improbable auquel je t'ai habitué depuis des

lustres vient une nouvelle fois à ma rescousse. La porte du Puma Club s'ouvre sous une poussée insultant Archimède, car dépassant largement le volume déplacé.

L'homme de garde est propulsé en avant, largue une malencontreuse rafale que le juge intercepte de bas en haut : genou droit, rouston gauche, pancréas, ventricule. Le verdict tombe sans appel : la mort.

Le snippeur, réalisant sa bévue, décide de m'en faire acquitter la note, lorsqu'une batte de base-ball s'abat sur son crâne. Ça fait « crounch » comme dans les publicités pour chocolat aux noisettes. A sa manière de se répandre sur le carrelage, je doute qu'il puisse un jour résoudre une équation du troisième degré.

– Berthe ! mugis-je en me relevant.

On passe au chapitre suivant, ou bien ?

10

Ganadería

Pour calmer un cachalot, il faut un harpon de véto et cinquante litres de somnifère. Alors, une Gravosse bérurière, je te raconte pas ! J'ai même failli tâter de sa batte, ce qui est somme toute préférable à tâter sa chatte.

Tandis que je pilote la Rolls en direction de Puerto Banús, elle me soufflette du mobile de son ire – ainsi l'aurait écrit Maurice Shakespeare s'il avait maîtrisé la langue à Molière. En l'occurrence, il s'agit d'une affichette annonçant une corrida pour demain samedi 28 août. La photo d'un torero illustre le document.

– C'est lui ! grasseye Berthe.

– Lui qui ?

– Que Clara, cette pute de poche, a identifié !

– Si vous pouviez être plus précise, très belle et chère amie...

Il n'en faut pas davantage à la Mastarde pour fondre comme saindoux au soleil.

– Voilà comme j'aime que vous m'causassiez, Tonio.

– Je n'oublierai jamais que votre intervention m'a sauvé la vie, ajouté-je, du trémolo dans l'intonation.

Cellulite émolliente, elle finit par me cracher le morcif. La jeune Philippine a reconnu sur cette petite affiche, placardée sur tous les poteaux de la région, la gueule de l'homme aperçu chez Chiquita. Elle a eu tort d'ajouter que la danseuse de flamenco s'était fait défoncer la castagnette par Alexandre-le-bien-en-nœud. D'où la foudre de son épouse légitime. En cuisinant la gamine, Berthe a appris que son Béru et le gars Moi-même étions partis pour le Puma Club. Elle a piqué une batte de base-ball aux jeunes Carpatos et, sans son intervention, à l'instant où je te parle, j'aurais un joli petit trou dans la nuque.

– Comprenez mon cou roux, larmoie-t-elle,

même de jour, une boîte de nuit, c't'un endroit de turlupitude.

Les affres conjugales de la Baleine me laissent aussi froid que le fouinedé de ta gonzesse quand tu lui glisses une langue pendant l'émission de Patrick Sébastien. Je concentre mon attention sur le nom du matador désigné par Clara : Gama el Vasco ! Ta mémoire étant supérieure à ton coup de reins, tu te rappelles sûrement que ce torero sévissait la semaine dernière aux arènes de Puerto Banús et que Joselito Ypukantybez lui servait de banderillero.

Cet homme était donc le complice de Paracétamol lors de l'expédition punitive chez la Chiquita !

Je plie l'affichette, l'enfouille et me gare en double file devant l'immeuble de la très regrettée Vincenta. Pas un matuche sur cette côte n'oserait verbaliser une Rolls tant tellement arabisée. Mais, pour avoir la paix, je demande à la Mastarde de faire le guet le temps de ma visite domiciliaire. D'accord pour qu'elle aille s'acheter une ou deux pizzas à titre d'amuse-gueule, si elle ne perd pas la bagnole de vue !

La serrure est aussi difficile à violer qu'une prostituée ougandaise. Je me retrouve dans un deux-pièces dont la nudité est comparable à celle de ta femme sitôt que le voisin de palier se pointe. Pas une croûte de fromage dans le frigo, pas une fringue dans les penderies, pas un poil de cul dans le bidet. Vincenta Lopez cultivait l'art de l'escampette.

Je m'apprête à quitter les lieux, gros vent comme Dejean, lorsque la farfelue z'idée me vient d'appuyer sur la touche « Bis » de l'unique téléphone de la cagna. Voilà-t-il pas que ce petit monstre technologique compose un numéro : ta-ta-ti-ti-ta-tou-ta-ta-ti-ta.

Une sonnerie s'ensuit. Puis une réponse. Voix mâle et grave :

– José Moreno ! *¿ Digame ?*

Je raccroche plus qu'aussitôt et me plonge dans une lecture approfondie de l'affichette tauromachique. Il y est écrit que demain 28 août aura lieu aux arènes de Linarès le mémorial Manolete.

Je te passe certains détails, sauf le plus important : les taureaux proviendront de l'élevage de don Pepe Moreno. Or, l'homme que je viens fortuitement d'appeler au téléphone se nomme Moreno. Et se prénomme José.

Diminutif habituel : Pepe !

*
* *

– Sympathique, votre ami Christian ! rêvasse Berthaga en se prélassant sur le cuir de la Rolls. De l'éducation, restaurateur et plutôt bien d'sa personne. Mon genre, quoi !

– Tous les hommes sont votre genre, ma bonne amie !

– Est-ce qu'vous incinérez qu'j'suis t'une nymphowoman ?

– Loin de moi pareille accusation ! Je pense seulement que vous savez apprécier les mâles à leur juste valeur.

– Textuel ! admet-elle en me tombant sur les burettes une main que je refoule avec les égards d'usage.

Pour ne pas laisser sa paluche trop longtemps

au chômage, la Gravosse la glisse dans son corsage, exhibe un nichon blême, veiné de bleu comme la carte fluviale de la Hollande, et s'en titille la pointe de deux doigts légers.

– C'est fou ce qui peut faire chaud par les temps qui courent, soupire-t-elle. Et si vous m'explicassiez exacquètement c'que nous allons foutre dans cet élevage de taureaux ?

Davantage pour ordonner les pensées dans ma lanterne que pour éclairer sa vessie, je lui dresse un bilan sobre mais complet de la situation.

– Demain, en fin de journée, quand les ardeurs du soleil faibliront, aux confins nord de la province, en la petite ville de Linarès, une importante corrida va déchaîner les passions des aficionados...

La truie de concours me couve d'un œil folliculé.

– Si vous broutez comme vous causez, Antoine, v'z'êtes le mec plus ultra que j'aie rencontré d'toute ma cheyenne de vie ! se pâme-t-elle, une perle de rosée sourdant de sa tétasse pourtant tarie par une ménopause bien méritée.

– Gama el Vasco, l'un des matadors, poursuis-je, assassin doublé d'un terroriste, a vraisemblablement fomenté avec sa bande de Basques un attentat dans les arènes. Contre qui ? Je l'ignore. Comment ? La participation à ce complot d'Horacio Ypukantybez, artificier d'élite, indique clairement que ça va péter dur.

– Non zobstant le plaisir que j'aye à m'trouver en compagnie d'votre présence, commissaire, j'pige toujours pas c' qu'on va branler en pleine cambrousse.

– Quelques indices me donnent à penser...

– ... me donnent-t'à penser..., psalmodie Berthe. La délicatesse de vot' langue pour pratiquer les liaisons est d'un érotisme insoutenab' !

– ... à penser que la *ganadería*...

– C'est quoi-t'est-ce, une grenadilla ?

– *Ganadería !* rectifié-je. L'endroit où l'on élève les taureaux de combat. Celle de don Pepe Moreno pourrait être le repaire de ces dangereux individus.

– Et vous supputassez que Marie-Marie, votre Toinet et mon Béru sont prisonniers là-bas ?

– Peut-être. S'ils ne sont pas déjà morts ! répliqué-je d'un ton lugubre.

– Disez pas des choses pareilles ! Une queue comme celle à mon homme, ça a pas l'droit de mourir.

L'Ogresse agite les plis de sa jupe aux fins de rafraîchir ses jambonneaux, ventilation qui projette vers mes narines d'incongrus effluves marins.

– C' t'encore loin, la ferme à Dario Moreno ?

– Une petite heure. Grâce aux relations de Christian, vous êtes attendue pour le dîner.

– Pas vous ?

– Non, moi, je vais jouer les chevaliers de l'ombre et m'introduire en loucedé dans l'hacienda.

– Dommage ! typhonne-t-elle de déception.

– Mais nous resterons en contact par micro H.F.

– Ça vaut pas l'contact d'la viande, si vous voudriez mon sentiment.

Il est temps de lui préciser sa mission.

– Je vais vous briefer, Berthe.

Entre le franglais et l'argomuche, elle n'hésite pas longtemps :

– Me *briffer* ? jubile-t-elle. Ça, c't'une bonne idée. Garez-vous su' l'bas-côté, que j'décolle ma culotte.

– Ne vous méprenez pas, très chère. Par briefer, j'entendais informer et non briffer au sens de bouffer.

Elle s'acagnarde contre la portière, boudeuse en diable.

– A'ec vous, c'est vraiment l'régime de la douche écossée ! Bon ! Qu'est-ce qu'il faudra que je fisse ?

– Entrer dans la peau de votre personnage. Vous vous appelez Berthy Vayan et vous êtes la plus grande réalisatrice de la télévision française. Vous préparez un reportage sur Ernest Hemingway et sa passion pour la tauromachie.

– Tout ça, vous m'l'avez d'jà espliqué, rouscaille-t-elle. N'ensute ?

– Vous essayez de savoir où se trouve présentement le torero Gama el Vasco et quelles seront les personnalités qui assisteront demain à la corrida. J'entendrai votre conversation et pourrai intervenir en cas de problème. Votre micro est en place ?

– Accroché à la bride d'mon soutien-gorge.

– On fait un essai.

Tout en pilotant la british limousine, je me glisse un écouteur dans l'oreille.

– Allez-y.

– Qu'est-ce qui faut que je dis ?

– Ce qui vous passe par la tête.

L'enflure se concentre et me balance d'un timbre d'hôtesse de l'air :

– J'mouille pour vous, Tonio, j'ruisselle, j'dégouline...

– Reçu 5 sur 5 ! Le matos de Christian fonctionne à merveille.

– Et si qu'on s'arrêtait un moment sous les orangers ? me propose dame Béru, une truie lâchant difficilement sa truffe.

– Pas le temps.

– Laissez-moi au moins vous en tailler une petite !

– Dangereux en conduisant.

– M'enfin, gémit la Gravosse, qu'est-ce vous pouvez faire pour apaiser la folie de mes sens ?

– Ça ! dis-je en la foudroyant d'un crochet au menton.

*
* *

En attendant la nuit, je me suis planqué dans une cabane à outils dressée en bordure d'une oliveraie. De ce site on aperçoit l'ensemble des bâtiments de l'estancia, dont la maison de maître, joyau d'inspiration mauresque, est cernée de patios enchanteurs. Les terres, maigres pâtures grillées par le soleil, s'étendent à perte de vue, encloses de robustes barbelés. Disséminés dans cette immensité, les taureaux, souvent noirs, parfois rouquins ou pie tachetés de blanc, paissent avec l'apparente quiétude des vaches à lait. Mais gaffe à ne pas t'approcher de leurs burnes gonflées comme deux ballons de rugby !

Autour du grand corral règne une intense agitation. Des bouviers à cheval, armés de longues piques, s'escriment à faire rentrer des bestiaux furibards dans des vans blindés comme des fourgons de la Brink's.

Oreillette dans le conduit, j'esgourde le dialogue entre Berthe et le propriétaire des lieux.

En dépit de quelques cuirs que son interlocuteur imputassera peut-être à sa mauvaise possession du français, elle s'en sort pas trop mal, Miss Mammouth.

– V'z'avez une belle p'tite affaire, m'sieur Moreno. Aut'chose qu'la ferme au défunt père de mon Sandre, à Saint-Locdu-le-Vieux ! Vous d'vez vous faire des couilles en or plus grosses qu'celles à vos Charolais, non ?

– On s'en sort, certes, mais sans gros bénéfices. Il faut quatre ans pour élever une bête qui passera vingt minutes de gloire dans l'arène. Soixante-dix pour cent de mon bétail filent directement à l'abattoir !

– Remarquez, c't'une belle fin, avec des frites et une sauce béarnaise.

– La *tienda* est impitoyable.

– La quoi-t-est-ce ?

– La *tienda* est une épreuve de bravoure à laquelle sont soumises les génisses avant d'être affectées à la reproduction.

– N'a ce propos, z'avez pas trop de soucis avec la vache folle et la fièv' affreuse ? poursuit doña Berthaga au creux de ma portugaise.

– Nous sommes très vigilants. Nos animaux ne sont nourris que de glands et d'un peu d'avoine pour lustrer le poil.

– V'là un régime pour moi !

– Puis-je vous offrir un apéritif avant de passer à table ?

– Avec plaisir.

– Champagne ?

– Ça se refuse pas.

Glouglou, pétillement, siphon endigué et soupir d'aise.

– Il est frappé à souhait. Vous êtes un homme du monde qu'a du savoir-vivre, m'sieur Moreno. Avec vot' fauteuil roulant et vos tempes argentines, vous m'faites penser à l'Homme de Fer dans *Bonanza.*

– Je me suis laissé dire que vous étiez une réalisatrice de grand renom.

– On se débrouille.

– Qu'avez-vous tourné, récemment ?

Instant de flottement chez la Mastarde. Elle se donne le temps de liquider son glass avant de répondre :

– L'an passé, j'ai filmé *le Comte de Monte-Christine*, d'après Roland Dumas père, et pis c't'année *les Misérab' de Paris* avec Gérard Deux-par-deux dans le rôle de Jean Voilàjean et çui de Quasimerdo.

– Et maintenant, vous consacrez votre talent au grandiose exégète de la tauromachie : Ernest Hemingway !

– Lui-même. Paraît qu'vous l'avez bien connu, c't'Ernest l'émigré ?

– Chère madame, il a dormi sous ce toit, soupé à cette table, serré cette main vieillissante...

Bruits de porte et de pas.

– Bonsoir, Lola, fait la voix de l'hidalgo. Señora Vayan, permettez-moi de vous présenter la señora Vasquez, ma nouvelle infirmière.

Après l'échange d'habituelles politesses, Berthe s'adresse directement à moi en marmonnant entre ses ratiches :

« Beau brin de brunette, c'te Lola, mais une sacrée gueule de garce. J'ai l'impression qu'elle est jalmince de l'effet que j'produis sur son patron ! »

*
* *

Le soir tombé, les bétaillères ont quitté en procession la *ganadería.* Direction : les arènes de Linarès où, selon la tradition, les taureaux de combat arriveront au petit matin et passeront leur dernière journée d'existence dans le toril à fumer des naseaux en attendant l'instant du châtiment suprême.

Bien que seuls six *bravos* soient prévus au programme, deux ou trois bêtes supplémentaires, *los sobreros,* sont embarquées pour pallier une quelconque défaillance de leurs congénères. Un *manso,* fuyard dépourvu de bravoure, pourra être récusé par le président de la corrida, de même qu'un *bronco* dont la nervosité excessive mettrait en danger les toreros sans assurer un spectacle digne de ce nom.

J'ai appris toutes ces subtilités par le truchement du micro qui me relie à Berthe. Après un souper copieusement arrosé de jerez pris en compagnie de Moreno et de son infirmière privative, la réalisatrice d'occasion est beurrée comme un petit Lu.

Côté boulot, elle a appris que Gama el Vasco résidait dans un hôtel de Linarès, non loin de la Plaza de Toros. Moreno ne comprend d'ailleurs pas pourquoi un matador aussi médiocre a été choisi comme vedette de cette manifestation tauromachique considérée comme l'une des plus importantes de l'année. Sur la participation d'éventuels notables à cette corrida, il est resté très évasif.

Derrière les cafés et pousse-cafés, profitant de l'absence de Lola, doña Berthaga a aimablement proposé à son hôte une bonne manière à la française. Délicate attention que l'éleveur a refusée, sa paraplégie, due à la corne d'un de ses pensionnaires, le privant de toute érection. Il lui a cependant organisé une visite by night de son domaine, guidée par son meilleur palefrenier. Si bien qu'à l'heure actuelle, la vache folle se fait jouer le grand air de *Ramon'moi* sur un tas de paille des proches environs. A tel point que j'ai court-circuité le récepteur, ses orgasmes en rafales me vrillant le tympan.

Pour ne rien te cacher, ce qui m'intéresse au premier chef, c'est ce van à bestiaux que l'on a parqué à l'écart des bâtiments. Je marche dans cette direction, à la clarté des étoiles, en me méfiant des taureaux alanguis qui ne dorment que d'un œil. Sélectionnés de génération en génération pour développer leur instinct combatif, ces mastodontes, bien qu'herbivores, ne tolèrent aucune ingérence sur leur territoire et chassent les intrus comme des fauves.

Alors que je longe une haie, une voix suave et sensuelle m'interpelle :

– Bonsoir ! Vous cherchez quelque chose ?

Ma rétine s'accoutumant, je distingue une jeune femme aux cheveux bruns taillés court.

Elle allume une lampe qui me permet de l'apprécier à sa juste valeur. Sauf erreur ou omission, ses yeux sont lapis-lazuliens, ses lèvres dessinées pour dire oui et le prouver, son corps emballé dans une blouse blanche qui l'enchâsse et l'enchatte.

– J'ai dû m'égarer, balbutié-je piteusement.

– Non ! dit en souriant la bellissime. Vous êtes le comparse de l'énorme hétaïre qui tente de se faire passer pour cinéaste.

Il est temps de lâcher du lest, ne crois-tu-t-il pas ?

– Exact ! En fait, nous sommes journalistes. On effectue un reportage pour le compte de l'agence Ladydia.

– Que voulez-vous apprendre au juste ?

– Tout sur la corrida de demain.

La merveilleuse créature m'évalue de bas en haut, escortant l'inévitable bandaison qui agite mon bénard.

– Je ne suis que l'infirmière du maître des lieux, mais je peux néanmoins vous offrir un verre de manzanilla dans ma chambre.

Ce fut fait.

Une lampe de chevet située à bonne hauteur me permet une immédiate radioscopie de la sujette. Je te l'affirme tout de go : Lola Vasquez ne porte ni culotte, ni soutien-gorge sous sa tenue de travail.

Fasciné par ses formes et son regard de jade, je l'attire contre moi et l'embrasse avec fougue.

La manière dont elle agite sa menteuse en raconte plus long qu'une thèse sur son aptitude à la baise.

Elle m'extrait le cobra sans même que j'aie senti ses phalangettes égrener le chapelet de ma braguette. Il faut voir comme son chant de flûte fait dresser le reptile ! N'étant pas un ingrat culier, je crois te l'avoir prouvé, chérie, je la fais pivoter de cent-quatre-vingts degrés pour amener sa tirelire à pafs dans un axe optimal de broutaison. Et là, on s'explique sérieux ! Son premier orgasme me rafraîchit les gencives. Je décide aussitôt de lui faire tâter mes drogues dures. Elle s'allonge sur mon ventre et laisse glisser son corps jusqu'à ce que le ravitaillement en viol s'opère. Elle s'enquille trois panards successifs dans une apothéose de gémissements et de reptations qui finissent par m'éructer la sève.

Lola reste abattue un long moment, bras en croix, cuisses humides, regard flottant. Elle libère un interminable soupir et se dresse sur un coude :

– Dès la première seconde où je t'ai vu, j'ai su que tu me ferais bien l'amour, chuchote-t-elle en agitant devant mes yeux une gourmette de pacotille dont les pendeloques représentent une délicieuse enfilade de kangourous dorés.

– Vincenta ?

– Je préfère Bixenta, mon prénom basque.

Elle rattache le bracelet autour de mon poignet.

– Je suis une excellente nageuse, habituée aux eaux glaciales des torrents de mes Pyrénées. Merci d'avoir essayé de me sauver !

– Je ne t'avais aperçue que de loin, il t'a suffi de couper tes cheveux et de les teindre en brun...

– De retirer ma perruque blonde, tout simplement !

Une déplaisante pensée me trotte dans le ciboulot.

– Le numéro de l'hacienda providentiellement mémorisé par ton téléphone, c'était pour me piéger ici ?

– J'avais raison de miser sur tes dons de limier, non ?

– José Moreno est également dans le coup ?

– Ce vieux réac ? Il mange dans la main des ministres. Depuis des années, Paracétamol et

Gama el Vasco utilisent sa ferme comme camp de base. Tous ses employés sont acquis à notre cause. Cette fois-ci, c'est trop gros : demain matin, on le liquide et on s'en va.

J'en viens maintenant à la question dont je redoute par-dessus tout la réponse.

– Et mon fils, ma femme, mon ami, la petite Philippine ?

Vincenta esquisse une moue fataliste.

– On ne fait pas de piperade sans couper des poivrons !

J'amorce un geste de fureur, mais mon corps reste inerte. Aucun de mes muscles ne daigne répondre aux sollicitations de mon cerveau.

– Je suis paralysé !

– Une injection pendant que tu me faisais l'amour. Pardonne-moi, je t'ai vu à l'œuvre et je craignais la violence de ta réaction. Cet engourdissement est temporaire, mais je ne peux pas te faire d'agréables prédictions pour l'avenir.

– Tu as détruit mon présent, que veux-tu que je fasse d'un avenir ?

L'ex-blonde me caresse la joue du bout des doigts.

– J'aurais pu aimer un homme comme toi.

Le visage de Vincenta semble s'effacer, se gommer. Sa saloperie de drogue s'attaque à mon conscient.

– Qui es-tu vraiment ? articulé-je au prix d'un immense effort de concentration.

– Une morte. En 1986, j'avais seize ans lorsque j'ai péri dans l'incendie de ma maison en compagnie de mon père et de mes deux frères. Ma famille Olimbienmonquiqui était la cible primordiale des G.A.L., groupes terroristes soi-disant antiterroristes créés par le gouvernement de l'époque pour répliquer à l'E.T.A. J'étais sortie ce soir-là et c'est une petite bonne de l'Assistance publique qui a brûlé à ma place. Personne ne s'est inquiété de son sort...

Vincenta... Bixenta... Lola... dansent dans le kaléidoscope de mon esprit.

– Alors j'ai pris les armes sous le nom de Lopez, et poursuivi l'œuvre de mon père.

Toi qui penses jouir de toutes les facultés mentales, tu entends bien ce que me bonnit cette inflexible fanatique... Mais dans mon cerveau venimé, ses paroles deviennent de la bouillie pour chat.

– Qui... allez-vous... tuer... demain ? Annonay-je selon ce verbe ardéchois de 19 155 habitants.

La new-brune éclate d'un rire qui se répercute dans ma calebasse et résonne comme un tam-tam traduisant *les Hommes de bonne volonté* en bambara-wolof.

– Le responsable de toute notre détresse ! dit-elle. Le roi !

Malgré le pâté de foie qui envahit mes neurones, je devine qu'il ne s'agit plus de Manolo Primero, mais de Juan Carlos !

Si tu me retrouves dans les pages suivantes, c'est plutôt bon signe...

11

Estocade

Lorsque je reviens à moi, il fait jour et ma tête repose sur un coussin moelleux : l'une des mamelles de Berthe, la troisième de France après Labourage et Pâturage. Médicamentée à bloc, la Gravosse navigue dans les brumes en bavant comme un congrès d'escargots à Saumur.

Jolie constatation : outre ma pensarde, j'ai recouvré toute ma motricité, puisque je me soustrais à cet oreiller gonflé de vieilles endocrines auxquelles je me pressens allergique.

Vilaine constatation : nous sommes prisonniers d'une cage en fer forgé.

Il me faut quelques instants pour interpréter la situation. Je vais te la décrire avec cette scrupuleuse conscience professionnelle dont je témoigne depuis tant et tant d'années. Berthe et moi sommes allongés sur le sable d'un sas destiné au transit des taureaux entre le corral et les camions qui les transbahutent. A gauche, une grille résolument fermée. A droite, une autre grille tout aussi close, derrière laquelle un mâle d'une demi-tonne racle le sol d'un sabot hargneux.

Pour compléter le tableau, j'ajoute qu'un cow-boy aussi sympathique qu'une encéphalopathie spongiforme bovine nous guette à l'extérieur de cet assemblage, une lance de picador entre les pognes. L'irruption de Bixenta le fait sursauter.

– Tout est réglé, on s'en va, déclare-t-elle d'un ton péremptoire. Tu liquides ces deux-là et tu nous rejoins à Linarès.

– Je les mets dans le fourgon avec les autres ?

– Pas question ! Ça peut sauter d'un moment à l'autre.

– Alors j'ouvre la cage ?

Insensible à la moindre émotion, l'ex-blonde-new-brune tourne les talons.

– C'est ton problème, Alvaro ! *¡ Hasta luego !*

Comme on se rend sans conviction à son

boulot quotidien, l'Alvaro en question, un jeune connard plus hâve que Caumartin, rafle sa pique, grimpe avec agilité sur la grille de droite et manœuvre le levier pour libérer le taureau en furie.

C'est le moment ou jamais de tenter l'impossible, t'es bien d'accord ? Alors je cherche frénétiquement un objet contondant et le découvre *in extremis* au cou de Berthe : un faux rubis de deux mille carats offert par son Gravos à l'occasion d'un flagrant-du-lit. J'arrache la caillasse en toc et la projette de toute la bandaison de mon biceps en direction du front de notre bourreau. Le zigue se chope le Burma entre les deux yeux et s'écroule dans le corridor taurin. Sa lance tombe du bon côté : le nôtre. Dieu se souviendrait-Il de moi ? Je saisis l'arme et me campe face à la porte qui s'ouvre inexorablement.

A titre de hors-d'œuvre, le taureau piétine ce pauvre Alvaro, l'encorne, le charpie, l'éviscère. Puis il m'avise et me charge de toute son énergie. Je l'attends, pique en main, conscient de la précarité de mes kilos face à la masse de ses quintaux. Il fulgure, cornes dardées sur ma tripaille.

Soudain il s'arrête, freinant des quatre fers, hume l'air environnant et trottine vers doña Berthaga qui gît, toujours dans le coltard, brancards ouverts sur ses intimités.

Subjugué, l'aurochs des temps modernes s'en va renifler l'entrejambe de Berthe et se met à le lécher comme une pierre à sel.

Qu'est-ce que tu ferais à ma place ? Tu le plantes tout de suite ou tu attends que Berthe ait pris son pied ?

*
* *

A.B. Bis – c'est ainsi que la Mastarde a surnommé son galantin taureau – est devenu plus doux qu'un agnelet. Il suit son cul comme un bichon la friandise de sa mémère. Flattée de tant d'honneur, Berthe entreprend de lui tailler une pipe que sa bouche, fût-elle béante, semble incapable d'assumer.

Mon premier instant de liberté, je le consacre à cligner des paupières pour m'accoutumer à la lumière de cette radieuse matinée andalouse. Je constate avec un certain soulagement que le fourgon mis en quarantaine est toujours intact. M'équipant de quelques ustensiles de première nécessité, je fonce.

Les ululements de Salami à l'intérieur du véhicule m'incitent à l'urgence. Je développe une force qui m'était inconnue et finis par fracturer le vantail arrière.

Il me faut un long moment pour réaliser avec l'indicible bonheur que tu imagines qu'ils sont tous ligotés, inconscients mais vivants !

J'extirpe frénétiquement mon fils, passablement tuméfié, et ma Musaraigne de Marie-Marie. Je les traîne en priorité loin du véhicule. Selon les paroles de Bixenta, ça peut sauter d'un moment à l'autre !

Salami, incontournable auxiliaire, s'occupe de la petite Lucia, et moi j'extrais Béru dont la carcasse robustantissime donne des signes de retour à la vie.

Ne reste à l'intérieur du véhicule qu'un individu. Il s'agit d'Horacio Ypukantybez que les terroristes ont mis au rancart sitôt son ouvrage accompli. Mais quel ouvrage ?

Hors de portée de la probable explosion du fourgon, j'essaie d'interroger le truand. Macache ! Il a été bourré de drogues qui le rendent impropre à la question.

Brusquement éveillé, Bérurier se met à brailler :

– Putain ! J'ai envie de chier et j'ai mal au cul comme si qu'on m'aurait seau d'eau misé ! J'ose espérer qu'les malotrous qui m'ont z'enlevé ne se sont pas permis des primesautées à l'égard d'mon rectum. Pa'c'que le sida, moi, j'veux bien l'donner, mais pas l'recevoir !

Il s'éloigne, se déculotte et dépaquette en gémissant comme un coolie. Satisfait de son effort, il se rajuste et revient vers moi :

– J'ai chié bizarre ! me lance-t-il. Une espèce de colombin en métal.

A peine a-t-il fini sa phrase qu'une explosion d'enfer retentit derrière lui. Il se retrouve à plat ventre, maculé de terre et tartiné de merde.

– J'ai pourtant pas pété fort ! plaide le Gravos.

Tout en l'aidant à se relever, je réalise quel était le fameux projet de Paracétamol à l'égard de mon pote.

– Je sais comment ils vont tenter d'assassiner le roi d'Espagne ! hurlé-je dans l'immensité sévillane, heureux comme je ne l'ai jamais été depuis le big-bang initial.

*
* *

Les arènes sont combles, côté *sol* (hémicycle exposé au soleil) autant que côté *sombra* (partie la plus prisée et la plus chère des gradins, car la plus fraîche). C'est sur cette rive que le roi (peut-être le seul au monde à mériter ce titre) et sa sage épouse sont installés au premier rang.

J'ai vainement essayé d'alerter les autorités sur l'imminence d'un attentat. Aucun flicard n'a voulu m'écouter ! Selon eux, tout a été contrôlé. Personne n'a pu entrer dans cette enceinte sans passer sous l'arche d'un détecteur dix fois plus sensible que ceux de l'aéroport de Madrid. Un gus ayant étourdiment bouffé des épinards à midi se serait vu refouler sur-le-champ.

Ma certitude d'une mission-suicide de Gama el Vasco se précipitant vers le monarque, porteur en ses entrailles d'une bombe comme celle testée sur Béru, vacille lorsque les responsables de la sécurité m'affirment que même les matadors et les *peones* (subalternes) de la *cuadrilla* (l'équipe) ont été scrupuleusement scannérisés. Néanmoins, je reste convaincu qu'El Vasco a trouvé moyen d'échapper à cette fouille.

– Qu'en penses-tu ? demandé-je à Salami, le seul de mes féaux assez vaillant pour avoir pu m'accompagner en cette rude épreuve.

– Wahuuu ! me répond-il

– On l'a dans le cul ? Je te trouve bien défaitiste. Surveille le torero, moi je cherche sa complice.

Mon basset hound se juche sur un gradin, déclenchant les protestations d'une Anglaise plus sèche qu'un cadavre d'antilope dessiqué dans le Sahel.

Sur le sable de la piste, Gama el Vasco travaille un bovidé de 534 kilos nommé *Disparo* (coup de feu). Ses passes de muleta attirent insensiblement l'animal vers la loge royale.

Les yeux rivés à des jumelles, je cherche dans la foule l'inévitable Bixenta. Est-elle brune, blonde, rousse aujourd'hui ? Selon toute raison, elle ne doit pas se tenir trop proche de Juan Carlos, par crainte des retombées, ni trop éloignée, pour pouvoir déclencher sa bombe.

Mes binoculaires se figent sur une duègne, dont le visage est recouvert d'une mantille mauve. Elle est en train de composer un numéro sur son portable au moment le plus haletant de la corrida.

Je m'élance, bousculant la piétaille dans ma décarrade. Les aficionados protestent mais, passionnés par le jeu de cape du torero, ne s'attardent guère sur ma malotruance.

Gama el Vasco est parvenu à amener l'énorme *Disparo* aux pieds du roi d'Espagne.

Le pouce de la duègne se contracte pour presser le petit bouton vert « Appel » lorsque ma main lui enserre le poignet. La femme se débat et son voile se soulève, laissant entrevoir le merveilleux visage de l'implacable Bixenta. Mon irruption lui cause un choc terrible. Son faciès se crispe :

– Toi ?

Je lui arrache le téléphone des mains.

– C'est le taureau qui doit sauter, n'est-ce pas ? Lui seul a pu échapper à la détection du scanner !

En guise de réponse, elle baisse la tête.

Tel chien, tel maître, affirment les cons qui sont parfois plus intelligents que prévu. Salami, dont le pif a reniflé ce que je viens de comprendre, bondit dans l'arène, déclenchant une bronca unique dans les annales de Linarès. Sans se préoccuper des objets divers qui pleuvent sur lui, mon génial clebs va se mêler au combat.

Devant ce vermiculaire agresseur qui lui chique les jarrets, le taureau, oubliant muleta et habit de lumière, se lance à sa poursuite. Salami l'entraîne habilement au centre de l'arène, puis se carapate à l'abri d'une *talanquera*.

C'est le moment, c'est l'instant ! Je presse le

bouton « Appel » du téléphone de Bixenta. Le *toro bravo* se disloque et se disperse avant même que me parvienne le bruit de l'explosion. Des gerbes de sang et de boyaux s'élèvent en feu d'artifice et retombent, majestueuses, sur la foule médusée.

Cuarto Tercio

(en hommage à César
qui refusait certains cours de mathématiques)

Quatrième Texte

[illegible] César
qui [illegible] mathématiques [illegible]

[illegible]

[illegible]

Pour [illegible]
la présence des grands [illegible] de la Cour [illegible]

Epilogo

Les Bérurier ont récupéré leur roulotte et poursuivent des vacances au soleil à la va-comme-j'te-bourre.

Clara et Lucia ont décidé de rester vivre chez les gitans qui les ont adoptées.

Ses ecchymoses pansées, San-Antonio Junior a ramené avec fierté son prisonnier à Fouzy-Machodpis.

Sa Majesté Juan Carlos a envoyé un somptueux bouquet de roses à Marie-Marie qui se prélasse les nichons sur la plage de Puente Romano. Notre séparation fut brève mais angoissante : alors, pour compenser, avec la Musaraigne on met les culées doubles.

Pour l'heure, je me balade sur les rochers.

Je pense à ces fratries entrecroisées au cours de

cette histoire : les frères Ypukantybez, mes charmantes Philipputes, les Tejero, les jumelles de Manolo et ces loubards de Carpatos...

Mon téléphone sonne. Pinuche vient d'identifier les empreintes. Une certaine Bixenta Olimbienmonquiqui, mais ce qui est bizarre, c'est qu'elle est morte depuis quinze ans...

Basta, le portable ! On était plus peinard avant l'invention de cet emmerdeur de poche. Je le balance dans la mer. Salami me le rapporte.

Un chien, ça reste un chien.

FIN

Table

Tercero Tercio

Cuarto Tercio

" Province mon amour "

(Pocket n° 10824)

Dans les années soixante, l'enfance d'Adrien s'écoule bercée par les rêveries de midinette de sa mère et l'importance démesurée qu'accorde son père à l'art de la fabrication des camemberts. François Morel brosse avec humour le portrait des personnages insolites qui entourent le jeune Adrien, rapportant avec une émotion tendre et comique les mille et une extravagances d'une vie ordinaire.

Il y a toujours un Pocket à découvrir

Cet ouvrage a été composé
par NORD COMPO

Impression réalisée sur Presse Offset par

BRODARD & TAUPIN

GROUPE CPI

17684 – La Flèche (Sarthe), le 19-03-2003

Dépôt légal : mars 2003

POCKET – 12, avenue d'Italie - 75627 Paris cedex 13
Tél. : 01.44.16.05.00

Imprimé en France